# ARTIFICIUM

Antología de Ciencia Ficción Latinoamericana

Maria F. Izaguirre

# ACLARATORIA

Las imágenes de este libro fueron creadas en hibridación con el modelo de lenguaje de inteligencia artificial *Midjourney*. En el proceso de producción de imágenes hibridadas intervienen al menos tres factores fundamentales: 1. la instancia artifical del inconsciente colectivo humano que reposa en el vasto almacén de datos y que sirve como sustrato al modelo de lenguaje; 2. la visión conceptual del operador que configura los parámetros bajo los cuales se compondrá la nueva imagen; 3. y el propio modelo de lenguaje. El punto Nro. 2 se corresponde con la perspectiva del artista, quien compone en su imaginación las escenas descritas por los autores. A través de procesos cognitivos, el artista deduce el carácter e intuye el espíritu de la imagen que ilustrará cada historia. Imagen que luego deconstruirá en parámetros textuales que serán procesados por la IA para producir la composición digital. En esencia, el acto creativo hibridado también es resultado de una mixtura de influencias culturales, disposiciones biológicas, condiciones ambientales y otros intercambios intertextuales complejos.

Este libro propone un ensayo sobre la producción de imágenes en el marco de la asimilación tecnológica de nuestra época. Modelos de IA como *Midjourney* utilizan arquitecturas de redes neuronales generativas para crear representaciones visuales. El surgimiento de estas herramientas ha suscitado una polémica sobre el original y la copia, que data de principios de la era de la reproducción técnica; una discusión que podría ser superada en las próximas décadas. En tal sentido, me permito hacer la siguiente observación: La máquina actual, se entrena con conjuntos de datos masivos que contienen imágenes de diferentes estilos y categorías. A partir de ello, el modelo ajusta sus parámetros internos para reconocer patrones y caracterícas presentes en su sustrato. Una vez entrenada, la máquina puede generar nuevas imágenes a partir de *prompts*. Los *prompts* son entradas de información dadas por humanos que, empleando el lenguaje humano natural, interactuan con la herramienta a través de una interfaz de usuario; aunque en algunos casos, el *input* también podría provenir de entidades no-humanas como algoritmos o el medio ambiente, entre otros medios. Algunos de los parámetros que operan dentro del modelo pueden ser modificados por el operador. Dicho de otro modo, tal y como nosotros necesitamos un detonante para imaginar, este artefacto necesita de un *input* que detone las complejas matrices algorítmicas que permutarán para dar lugar a una nueva imagen. Por el momento, el esfuerzo principal del operador se concentra en la ideación y curaduría de los elementos lingüísticos que sirven de parámetro para que la máquina pueda representar ese *algo* que el operador busca. En ocasiones, los referentes culturales más populares o de mayor relevancia cultural imponen sesgos. Entonces el operador nuevamente imprime el carácter del lenguaje humano sobre la máquina para reformular lo que la herramienta le ofrece. Aunque la diversidad creativa de las imágenes generadas puede depender de la complejidad del modelo y de cómo se haya entrenado, también dependerá del acervo cultural y conocimiento técnico del operador. Así como modelos más avanzados tienden a ser capaces de generar una gama más amplia de estilos y contenido visual, operadores capacitados para producir imágenes pueden generar resultados más relevantes.

Es importante destacar que la ética en la generación de imágenes mediante IA es un tema en desarrollo. Se debe tener precaución al utilizar estos modelos para asegurar que las imágenes generadas cumplan con estándares éticos y legales. En el caso de *Midjourney*, al momento de fabricación de este libro, las imágenes creadas bajo membresía son consideradas propiedad del usuario que las crea, siempre y cuando éste haya pagado por el servicio.[1] Por su parte, la Oficina de Derechos de Autor de los EE.UU., ha expresado que para calificar como obra de «autoría», una obra debe ser creada por un ser humano. La oficina no registra obras producidas por una máquina o un mero proceso mecánico que funcione de forma aleatoria o automática sin ningún aporte o intervención creativa de un autor humano.[2]

La propiedad de las imágenes generadas y los derechos de autor asociados al uso de herramientas digitales es un tema relevante que debe ser considerado y discutido ampliamente por la sociedad.

[1] Fuente: https://docs.midjourney.com/docs/terms-of-service (2023).
[2] Oficina de derechos de autor de EE. UU., Compendio de prácticas de la Oficina de derechos de autor de EE. UU. § 313.2 (3.ª ed. 2021).

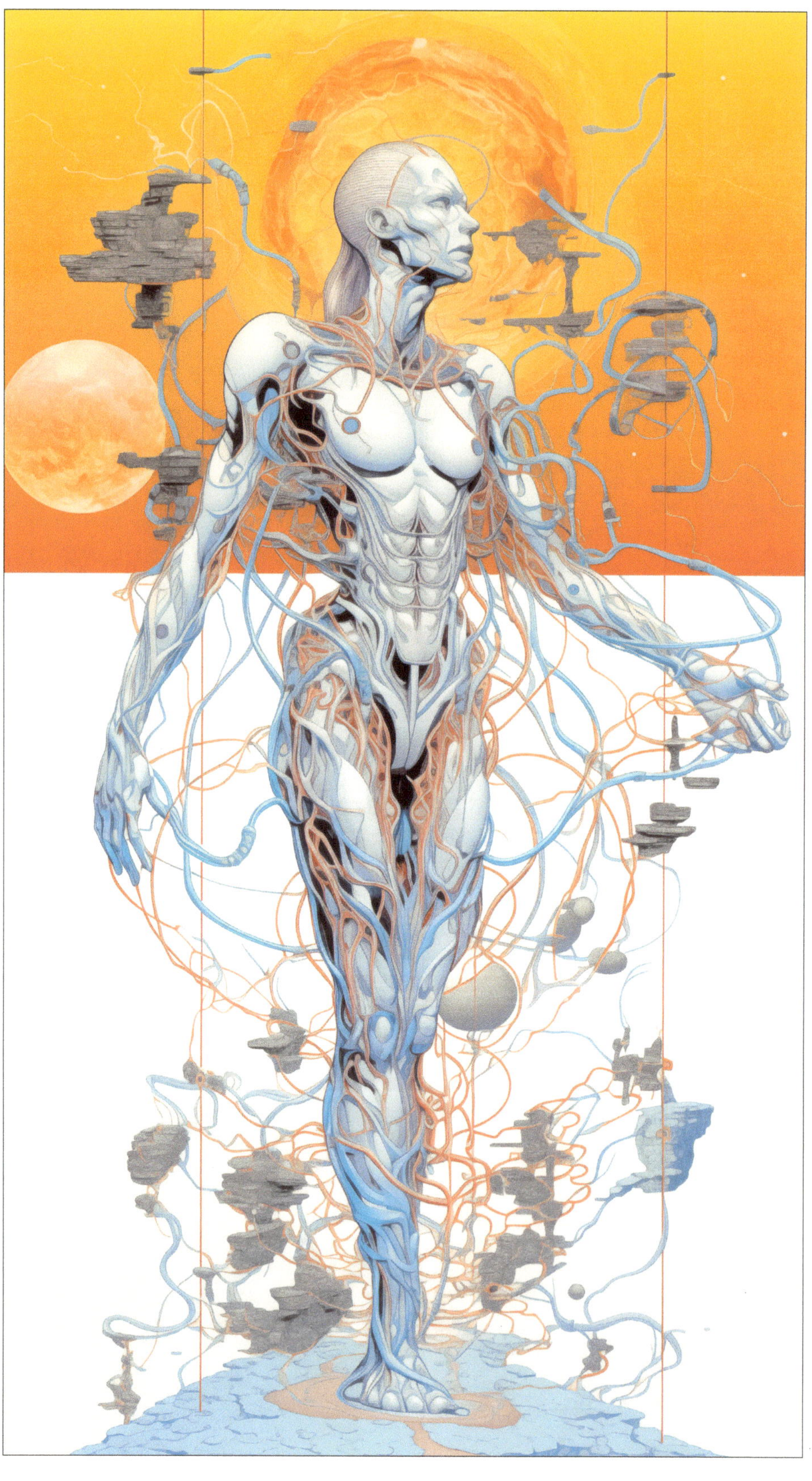

Luis Miguel Isava

# ALGUNAS REFLEXIONES
# SOBRE LA CIENCIA FICCIÓN

Para José Urriola,
que insiste en ponerme a pensar sobre estas cosas.

En cierta forma podría decirse que la ciencia ficción siempre ha acompañado la imaginación humana. Entendiendo, claro está, que la noción misma de «ciencia» tiene una historia a lo largo de la cual se la ha entendido a partir de ideas, pensamientos y técnicas que difieren de manera radical de los que consideramos como ciencia desde la modernidad y que han terminado por definir la noción de ciencia en el sentido estricto que hoy conocemos y manejamos. Con esa ampliación de su determinación, podemos entonces pensar que las mitologías y religiones han sido nuestros primeros relatos de ciencia ficción: en ellas encontramos, por ejemplo, las primeras intrusiones de extraterrestres en los destinos humanos, así como innumerables relatos buscaban explicar, esto es «naturalizar», situaciones inexplicables e ininteligibles: catástrofes naturales, azares del destino o del comportamiento humano, fenómenos cósmicos y, en definitiva, todo aquello que desafiaba la comprensión y para lo que no se podía más que apelar a una imaginación especulativa. Como la ciencia, la religión y las mitologías –y la historia evidencia el largo trecho en que estas «disciplinas» sostuvieron una relación simbiótica– son en realidad intentos por entender los fenómenos que nos rodean pero que en realidad diseñan, figuran, ficcionalizan esquemas de racionalización (especulativos, incluso fantásticos) que se proyectan sobre ellos para hacerlos «mundo», esto es para otorgarles una configuración que ofrece un cierto tipo de comprensión – comprensión que se debe precisamente al esquema que se proyecta.

Así mismo, religión y mitologías nos ofrecen relatos que son claros anuncios de la irrupción y el poder trasformador de la tecnología. La diosa Ceres da a los humanos la tecnología-agricultura; Prometeo entrega a la humanidad la tecnología-fuego, robada a los dioses; el dios egipcio Thot inventa la tecnología-escritura; el dios hebreo, anticipando un castigo, impulsa a Noe a desarrollar la tecnología-navegación –que implica también la de la construcción de un albergue– y más adelante, como castigo a su soberbia tecnología-edificación, les envía la maldición de las múltiples tecnologías que conllevan las distintas lenguas... ¿No fue acaso el apóstol Juan el que inserta en esta tradición el género del apocalipsis, palabra que, aunque en griego significa «revelación», se ha vuelto sinónimo de hecatombe planetaria y por tanto de la denominación del fenómeno de raíz técnico-científica que sirve de fundamento a un extenso género de relatos de la ciencia ficción contemporánea? ¿No es la descripción de Juan un claro antecedente de *La guerra de los mundos* (Wells), incluso de *La guerra de las galaxias* (Lucas)? Por ello no debe sorprendernos la tendencia bastante generalizada de apropiarse y reinterpretar muchos de los avances de la ciencia contemporánea en sentido religioso: se vincula el «principio de incertidumbre» de la física cuántica con el «no-saber» de los místicos o con el budismo Zen; se habla incluso de la «partícula de Dios». En cierta forma, esas equivalencias demuestran que, en general para la imaginación humana, tanto en ciencia como en religión o mitología, tal vez sigue tratándose del mismo impulso por comprender/explicar lo incomprensible/inexplicable.

Desde otra perspectiva, podría decirse que la ciencia ficción nos acompaña asimismo con todo impulso de extender las capacidades de la anatomía humana que produjo desde el principio de la historia lo que me gustaría llamar la tecnología de las prótesis. Gracias a ella somos, desde la invención de la primera herramienta, «humanoides» o, para inventar la palabra, «technorgs». Ya lo decía Borges, la espada –y las armas– son extensiones del brazo; los lentes y los telescopios, extensiones del ojo; los medios de transporte, extensiones de las piernas, etc. Y esas extensiones ya nos excluyen del ámbito de lo natural para crear una sobrenaturaleza, que inevitablemente naturalizamos. Pero no toda transformación del cuerpo tiene como objetivo extender o ampliar nuestras capacidades físicas. Allí están, por ejemplo, los atuendos, el maquillaje, los tatuajes y los piercings. Su existencia está documentada en grupos humanos muy antiguos y sólo recientemente los dos últimos se han hecho casi cotidianos en occidente. ¿Para qué in-corporamos esas prácticas? Creo que la respuesta es para reinventarnos, como los «otros» de esos seres naturales que originalmente (anatómicamente) somos. Y en cuanto a las intervenciones sobre el cuerpo de carácter médico (operaciones, trasplantes, implantes, etc.), ¿no pueden leerse como un cierto afán, inherente a lo humano y a sus creencias religiosas, de viajar, de permanecer en el tiempo, de luchar contra la muerte con la tecnología?

Otras prótesis nos llevan de nuevo al campo de lo discursivo. Borges agrega que el libro es una extensión de la imaginación y lo mismo puede decirse de toda creación artística. Esta nos ofrece la posibilidad de experimentar otras vidas, otras realidades, otros sentidos incluso. Y las ya centenarias tecnologías del gramófono, cine, radio, tv y las más recientes de internet, telefonía celular, *streaming*, ¿no nos rodean en realidad de un mundo no natural que sin embargo se ha convertido en nuestro entorno natural y cotidiano? En un sentido, tales tecnologías, al extender las posibilidades de la memoria, nos extienden en el tiempo hacia el pasado. Pero no se acaban allí las implicaciones. Pensemos en un ejemplo paradigmático: la música. ¿Qué es propiamente la música? Steiner dice en un ensayo que, en la naturaleza, con la excepción de los cantos de las aves, no hay música. Y de hecho es el humano el que ha proyectado su invención –otra tecnología legada por la mitología: las musas– sobre el mundo natural. Pero la música es, a pesar de su rotunda materialidad en tanto ondas sonoras, la más abstracta de las formas artísticas, la que no representa nada, la que no se refiere a nada que no sea su estructura, organizada por disposiciones humanas culturales. Y a la vez, la música es el mejor ejemplo para mostrar cómo esta «prótesis», que no tiene correspondencia natural y que no sirve a ningún propósito utilitario, nos configura interiormente y define nuestras respuestas emocionales, nuestros estados de ánimo, incluso nuestros sentidos. Por eso, quiero hablar de lo que, apropiándome de una frase de Derrida, llamaré una «prótesis del adentro» o «prótesis del interior». Con esto quiero apuntar a que este proceso de adiciones prostéticas no sólo compete a nuestras habilidades y limitaciones físicas, sino que alcanza también esa problemática zona que llamamos alma y que los griegos llamaban *psyché*. A lo largo de toda la historia, hay un impulso humano por ser más que humanos en lo físico, en lo psíquico, en lo existencial; y ese querer ser más que humanos es lo que nos hace humanos y hace que naturalicemos e *in-corporemos* las transformaciones a nuestra históricamente cambiante conformación «natural». Nos extendemos, a través de tecnologías, hacia afuera y hacia adentro, hacia el pasado y hacia el futuro. Y lo seguimos haciendo en la medida en que pensamos, en que teorizamos. ¿No se trata precisamente de esto la ciencia ficción?

Quizá no haya mejor metáfora para esto que he estado describiendo que aquella imagen de *2001: Odisea del espacio*, en la que el primate «descubre» que el hueso de un animal muerto puede servir de herramienta, incluso de arma: allí está la irrupción de lo tecnología prostética que, con un salto de milenios, nos llevará a la nave espacial en la que se convierte el hueso arrojado por los aires. Lo mismo ocurrirá con otras tecnologías: basta pensar a dónde nos ha llevado transformar la tecnología-lenguaje de simple medio de comunicación en una compleja prótesis del interior sin la cual no podemos ya pensar lo humano: mitos, oraciones, proverbios, bromas, trabalenguas, discurso amoroso, ficciones, poemas... ciencia ficción. ¿No está acaso el amor profundamente atravesado de palabras?

Sin embargo, de vuelta al ámbito de lo discursivo, quizá sea necesario establecer una distinción respecto a esta ampliación de la idea de la ciencia ficción. El rasgo esencial de esta que he descrito, llamémosla proto ciencia ficción, es explicar los orígenes: se crea un «relato» que haga posible entender de dónde proviene lo que queremos entender en el presente. Su objeto ficcional está pues en el pasado: ya ocurrió la intervención sobrenatural, extraterrestre, tecnológica y ella explica el presente. Sin duda, esta proto ciencia ficción no es menos especulativa ni inventiva y suele recurrir como hemos visto a los mismos elementos que encontramos en la –llamada– ciencia ficción. La diferencia con esta radica, así, en el posicionamiento temporal. Si la proto ciencia ficción «inventa» los orígenes que explican el ahora, la ciencia ficción postula los orígenes para inventar los futuros posibles. Y si en el caso de la primera, las causalidades quedan circunscritas a lo ocurrido, en el caso de la segunda, dan la posibilidad de proponer las más variadas derivaciones, aunque controladas y limitadas por una cierta lógica –laxamente– científica. (Este podría ser el criterio que permite diferenciar la ciencia ficción de los relatos fantásticos.)

Me gustaría proponer, entonces, que la ciencia ficción lleva a cabo una operación que parece ser el reflejo especular de dos prácticas que tienen todo el prestigio de las ciencias humanas. La primera sería la escritura de la historia, incluso, si pensamos en las teorías de Hayden White, la «novela» histórica. Esta, como es sabido, parte de los hechos históricos para indagar, incluso especular (verbal o discursivamente) sobre sus posibles causas. La segunda sería la praxis y la teoría psicoanalíticas. Esta, por su parte, indaga no sin especulación, sobre los posibles eventos o «traumas» que originaron los síntomas ahora presentes. Ambas prácticas, como vemos, son esencialmente retrospectivas, característica que comparten con la proto ciencia ficción. Pero en los casos de la historia y del psicoanálisis, a diferencia de los discutidos anteriormente, entra en juego un elemento de control que tiene como consecuencia que las conjeturas no puedan ser cualesquiera, sino que deben, en cierto sentido (variable histórica y culturalmente, claro), apegarse a determinados criterios de lógica racional dentro de la estructura de las teorías propuestas. La ciencia ficción operaría de la misma manera, pero invirtiendo la flecha del tiempo –como dicen los científicos. Por una parte, invierte el proceder de la historia: propone, digamos, un hecho presente real o al menos plausible para tratar de anticipar especulativamente sus consecuencias siempre de acuerdo a una racionalidad convencionalizada, o al menos postulada y justificada en su propio planteamiento. Por la otra, invierte el proceder psicoanalítico: propone ahora un evento que singulariza e identifica como posible «trauma» para luego, dentro de un marco de racionalidad igualmente justificado en su propio planteamiento, tratar de especular lo que Freud llamaba la «aposterioridad» (*Nachträglichkeit*), esto es sobre los futuros «síntomas». ¿No muestra esto, retrospectivamente, que la historia y el psicoanálisis son, asimismo, dos formas altamente complejas, con evidentes repercusiones prostéticas, de ciencia ficción? No pretendo con esto, claro está, desprestigiar esos dos procederes teóricos; al contrario, mi objetivo es reivindicar el carácter teórico efectivo de la ciencia ficción y mostrar en qué medida es ella misma una de nuestras formas de proveernos nuevas «prótesis del adentro».

Así, vemos que la ciencia ficción está, recurriendo a la metáfora científica, en el ADN de lo humano: hacemos ciencia ficción hacia atrás, retrospectivamente, para imaginar los orígenes de nuestro mundo y nuestro presente, para entender y poder sentirnos *at home*; hacemos ciencia ficción hacia adelante, prospectivamente, para anticipar en qué se convertirán ese mundo y ese futuro, y prepararnos para instalarnos en ellos. Si pensamos hacia atrás, pensamos en religión, en mito o, con una especulación un tanto más rigurosa, en historia y en psicoanálisis; si pensamos hacia adelante, podemos hacerlo a través fantasías desbocadas o, con un poco más de rigor especulativo, a través de la ciencia ficción. No es casual que en tanto un caso como en el otro podamos desembocar en utopías o en distopías: conocemos bien las que ha anunciado y anuncia la ciencia ficción; ¿no son también utopías y distopías las que los mitos (Arcadia o Atlántida), las religiones (Paraíso Terrenal o Sodoma y Gomorra), cierto historicismo (progreso o decadencia) e incluso Freud (principio del placer o pulsión de muerte y malestar en la cultura) nos han ofrecido con mayor o menor fortuna?

Las constataciones anteriores no buscan, por supuesto, desmerecer la importancia de esas variadas formas de pensamiento que son la religión, la mitología, la historia y el psicoanálisis sino, al contrario, reconocer que si en todas ellas podemos reconocer las *pulsiones* que de una u otra forma encontramos en la ciencia ficción, ésta también ha de entenderse como una forma de pensamiento, oblicua tal vez, en relación a las formas «disciplinarias» de pensamiento, pero no menos auténtica puesto que, como ellas, lo que intenta en definitiva es entender la existencia en y desde el presente y con ello anticipar especulativamente sus posibles derivaciones futuras.

También en este caso una película nos proporciona una interesante metaforización de lo que expongo. *The Matrix* escenifica en un primer momento un mundo que podemos reconocer como el nuestro (Occidente, siglo XX), pero sólo para mostrarnos a continuación que ese mundo es en realidad una creación y proyección operada desde otro mundo que además de constituir lo real («el desierto de lo real», dice

Morpheus) es el «no-lugar» desde el cual *se entienden* los mecanismos por los que «nuestra» realidad funciona. Si *la matriz* es nuestra realidad, ese otro mundo, insisto como no-lugar, sería el lugar de la teoría: lo que permite intentar explicar y entender lo que subyace a la realidad «aparente» en la que vivimos.

Dice Walter Ong, en su libro *Orality and Literacy*: «Las tecnologías son artificiales, pero –de nuevo la paradoja– la artificialidad es (lo) natural para los humanos». Y si lo natural humano es una incesante reinvención prostética de su cuerpo, de su imaginación, de su pasado y su futuro, tendremos que reconocer que la ciencia ficción es (incluso cuando no lo advierte) una práctica creativa (escritural, visual, cinematográfica) que hace posible que no olvidemos ese rasgo fundamental de nuestra «naturaleza» y que recordemos que, en cierta forma, siempre hemos sido y, al transformarnos, siempre seguiremos siendo «technorgs».

Berlín. Diciembre, 2023.

Gabriella Alcalá

# BRUSCO DESPERTAR

Mientras me desplazo a través de este cálido mar rosa puedo sentir una gran felicidad. El eco lejano de voces alegres y risas de mi futura familia.

Percibo un intenso ambiente de fiesta y celebración. Madre, Padre, ¿es acaso en homenaje a mi llegada?

Ese jovial sentimiento solo me impulsa ansiosamente a conocerlos. Estoy lista para dejar mi refugio y recibir todo su amor, su apoyo y adoración.

Pero no, al parecer mi intuición ha fallado. No soy motivo de celebración, mi llegada solo ha servido para alterarles el ánimo. ¿Por qué gritan con tanto miedo? ¿Por qué me miran con ese asco?

Un odio profundo me ahoga. El rechazo es evidente. No es mi culpa ser no deseada. Yo no escogí nacer. Mi única opción es escapar corriendo, quedarme en a la oscuridad, espiando, hasta que surja una oportunidad para mi venganza.

Gabriella Alcalá

# SIETE SETENTA OCHENTA Y SEIS
# 7 70 86

Iluminados por los destellos parpadeantes de la Vía Láctea bailamos juntos hasta más no poder. Quién hubiera pensado que el mejor escenario para el icónico Aguanile sería este recóndito lugar de la galaxia donde se aloja nuestro Sistema Solar. Retumbando con su poderoso eco y poseyendo a todo ser a bordo de esta magnífica nave interestelar.

No creo que ni Willie Colón ni Héctor Lavoe, en sus más profundos trances musicales, imaginaron jamás que el mejor acompañante de su intoxicante música sería el polvo de estrellas. Este ritmo que trasciende toda barrera de lenguas y especies de nuestra tripulación.

El son de la tambora compagina con el ritmo de la alarma de emergencia. En menos de 3 minutos quedaremos sin combustible, sin oxígeno y a la deriva; pero acabando el trapo. La última rumba de la tripulación siete setenta ochenta y seis quedará como récord de nuestra desafiante naturaleza. Una tripulación que decidió bailar hasta desfallecer en vez de caer en la desesperación ante tan funesto destino.

Gabriella Alcalá

# LA SEGUNDA PUERTA A LA IZQUIERDA

En varios grupos en WhatsApp de la diáspora se ha reportado el mismo fenómeno. Los reportes provienen de diferentes ciudades y pueblos alrededor del mundo, pero la experiencia es descrita de la misma manera: el portal te lleva a la zona de descarga Belmont en Semana Santa. ¿Será una simple alucinación en masa? ¿Tal vez un efecto Mandela colectivo causado por la añoranza de la patria?

Quizás lo sea, pero tengo que intentarlo. Me muero del FOMO al escuchar el relato de mis panas en Hungría. ¿O será que me están jugando quiquirigüiqui?

Según la leyenda urbana que corre, tengo que esperar a que sean justo las 11:11:11 p.m. para atravesar el umbral que me lleve hasta ese destino. Ni un segundo más ni uno menos, o la oportunidad se puede pasar.

Mientras espero y observo la manija de mi reloj, una sensación de angustia me embarga. Seguro que es pura paja eso del portal, no creo que algún ser cósmico haya escogido nuestra idiosincrasia como catalizador a un portal temporal para una TAN especifica realidad alterna.

Reviso de nuevo el reloj, son aún las 11:10:36 p.m. Dentro de poco tendré la certeza de que toda este cuento es eso: solo un cuento.

11:10:49 p.m. acerco mi mano en la manilla. Estoy lista para la acción. 11:10:57 p.m. puedo sentir mi cuerpo tratando de apoyar todo su peso contra la puerta.

11:11:07 p.m. mis dedos rozan el frío metal ¿O son mis manos las que están frías?

Justo a las 11:11:11 p.m. pongo mi pie al otro lado de la puerta cerrando mis ojos. Un primer paso en falso y me tropiezo con una botella. Reconozco que este no es el olor del baño de mi casa si no más bien el tufo de la caña. El olor de una memoria olvidada.

Rodeada ahora de rostros familiares me pego en la rumba. Guarachando como en los viejos tiempos, guarapita e' piña en mano y gritando «¡TucutucuTucutÚ!».

Olga Colmenares Morett

# AFRODITA REBORG

- Primera niña nacida de un útero trasplantado a una mujer trans: Afrodita.

- La bebé Afrodita, ¿milagro o abominación?

- Mujeres trans exigen que el transplante de útero sea un derecho legal en Alemania y otros países de la Comunidad Europea.

- El Papa Francisco aún no se pronuncia, aunque ya algunos miembros del clero han calificado a este nacimiento como un desafío al poder de divino. De hecho, en declaraciones extraoficiales, la Iglesia Católica condena todo el proceso, así como la fecundación invitro.

- Unión Histórica: Por primera vez, las tres principales religiones monoteístas forman una coalición -gracias a la pequeña Afrodita- para detener a la ciencia. Exigen a los gobiernos su actuación inmediata para legislar y evitar la propagación de estos actos.

- Protestas se exacerban en varias de las principales ciudades del mundo.

- Afrodita en el centro de todos los titulares.

- #TodosSomosAfrodita #ConAfroditaNoTeMetas #DerechosTrans #DiosNoEsLaIglesia #AfroditaLiveMatters

- Reportados tres muertos en París y centenares de heridos en un encuentro desafortunado entre manifestantes de diversos grupos pro y contra Afrodita.

- Varios meses de debates en organismos nacionales e internacionales no logran una solución sobre el Nacimiento de Afrodita.

- Manifestantes abandonan las calles tras meses de protestas.

- Afrodita muere tras cumplir tan solo un año de nacida.

- Comunidad científica aún desconoce las causas de la muerte del infante, el procedimiento es vetado a nivel mundial.

EXOUTERUS AD

FADE IN

INT. HABITACIÓN - DÍA                                    1

Manos de un hombre y una mujer sobre el vientre de la mujer. Nos alejamos y vemos que están sentados uno junto a otro al borde de su cama. En una habitación de una casa en los suburbios de una ciudad. Ambos lloran en silencio con su mirada enfocada en el vientre.

CUT

INT. HABITACIÓN - NOCHE                                  2

Habitación con decoración colorida de un apartamento pequeño en una ciudad. Mujer trans se mira en un espejo de cuerpo entero. Sus manos se pasean por un vientre de embarazo imaginario.

CUT

EXT. PARQUE - TARDE                                      3

Hombres sentados en un banco ven a los niños jugar en el parque.

CUT

PANTALLA NEGRA DE FONDO

Se va haciendo visible EXOUTEROS iluminado desde atrás.

NARRADOR (V.O)

Si tu sueño es la maternidad no dejes que nada se interponga. EXOUTERUS. Contacta a tu proveedor médico.

Alexandra De Castro

# DIARIO PARA LENA

«¿Crees que puedes escapar de la rutina
cambiando el libreto y la escena?.»
Peter Gabriel

ÓRBITA I

Querida Lena,

Me gusta sentirme en domingo cuando escribo. Dejemos sentado que cada órbita escrita es un domingo. Además, no recuerdo la fecha terrestre, le perdí el rastro en la última avería. Te la debo, Lenita, junto a tantas órbitas, tantos momentos de vida.

La bitácora, tu bitácora, tiene rato esperándome, lo sé. Prometo volver a ella más seguido, porque en este lugar remoto donde todo se convierte en olvido, corro el riesgo de perder mi idioma. Me aferro al discurso de Cioran cuando dice que al migrante no le es fácil renunciar a las palabras en las cuales perdura su pasado. ¿Te imaginas que se me olvide escribir?, porque hablar conmigo misma ya lo hago desde los cinco años cuando migré a Venezuela. No sé si este cuaderno te alcance, y la verdad no pienso mucho en eso, te imagino leyéndolo y sonrio.

Te busqué entre las cartas; las cartas del concurso — ese — que lanzó la compañía «Cartas de aliento para trabajadores espaciales». Cartas físicas, ya sabes, por la moda retro. Me las traen hasta aquí. No, no es un reclamo, solo me extrañó no encontrarte.

Es graciosa la imaginación de mis «fans», creen que me rodeo de comodidades ¿Puedes creerlo? Es una envidia tan inmerecida. Esto acá es muy pequeño, es incómodo. Seguro se imaginan a la nave de Tarkovski en Solaris con los salones grandes, las paredes altas de madera, los libros y el Bruegel en la pared. Acá solo hay cables, pantallas y ventanas. Que si no fuera por las ventanas, nadie querría este trabajo.

Por allí, por las ventanas, es nuestro escape. Cuando salgo del trabajo, me asomo a ver pasar huracanes. Enciendo los motores a toda potencia y me acerco al gigante lo más que puedo. Abro las dos escotillas del techo de mi sala de máquinas y subo por la escalera de caracol al observatorio. Son tantos huracanes, te cansas de contarlos. De horizonte a horizonte, el gigante sopla su pipa con violencia bucles de colores. Imagínate, Lenita, lo que hubiese pintado van Gogh de haber conocido estas tormentas. Tal vez hubiese olvidado las flores.

Aunque yo no las he olvidado, ¿sabes?, las extraño tanto, a las flores. Las veía desde el tren en marzo, aquellas alfombras de tulipanes. El tren – ese tren cuando iba al trabajo en Ámsterdam – siempre lleno de gente. Cabezas, cuerpos, manos, que bien podrían haber sido asientos o ventanas. Tanto bullicio, y ellas, las flores inalcanzables, en otro planeta, con sus colores silenciosos.

ÓRBITA 2

Querida Lena,

Te cuento: he estado viajando más a Europa, ¿sabes?, la luna calva que el gigante abraza cerquita. Acampé allí para disminuir mis mareos, pero qué va, no me ayuda. Ya me conoces: el café en el desayuno, la merienda en la tarde, el atardecer por la ventana… las órbitas me marean tanto. Sí me distrae descubrir y catalogar a las criaturas patinadoras, esas que rasguñan a Europa.

Hay tantas especies para catalogar. Hace poco conocí una nueva. Parece un insecto, pero si la miras de cerca, reconocerías más bien a un antílope de seis patas. Tal vez la prueba más fehaciente de su naturaleza es la velocidad con la que patina, apenas puedes verle pasar. El hielo me lo reveló, clanc, clanc, clanc. Anda solitario, aunque una vez lo escuché cantar para llamar a los otros. Fíjate qué suerte tiene, tiene a quién llamar.

ÓRBITA 3

Querida Lena,

Hoy volví a Europa con la planilla para ingresar el antílope de seis patas al sistema. Es una planilla simple, más o menos como las de inmigración en Alemania, ¿recuerdas?, donde teníamos que poner nuestra raza, el color de los ojos, el sexo, el lugar de origen…

Después de catalogar cada criatura, no la vuelvo a ver. Me envían a otras zonas. Esta vez quiero mantenerme cerca del antílope de seis patas. No puedo salir del vehículo, pero ¿qué diferencia hace? Ventanas en Ámsterdam o ventanas en la luna Europa. Ver pasar cabezas apuradas, ocupadas.

Respirar el mismo aire filtrado, acondicionado en el auto, en el tren o aquí en los vehículos.

Te puedo decir, Lenita que para ellas, las criaturas, nosotros los humanos ya somos parte de su paisaje. El antílope de seis patas reconoce mi carcasa, me deja acercarme con confianza, me habla moviendo sus cuernos y ojos. Quiere que me quede.

Órbita 4

Querida Lena,

Me acerqué al cuaderno a contarte un secreto: me he propuesto defender al antílope de seis patas. Siempre se las llevan, a las criaturas. Vinimos a buscar vida, ¿para qué? Para sacarla de su casa, para desterrarla. Porque te digo Lena, si seguimos llevándonos las especies, vamos a matar a Europa. Ya lo había dicho Giordano Bruno, son los planetas y las lunas quienes están vivos.

No, no, qué va. Mi antílope de seis patas se queda en su casa, nuestra casa aquí en Europa.

Mi plan es acercarme al vehículo ladrón, por un costado, y empujarlo hasta que salga de curso. El plan me va a salir bien, ya lo he practicado. No sé qué venían a hacer aquí aquellos pobres trabajadores espaciales, pero, bueno, entenderás la importancia de graduarme como maestra guardaespaldas. Estoy lista para usar el arma que nos dieron para defendernos de los piratas. Ya verás Lena, nadie se llevará a mi antílope.

Órbita 5

Querida Lena,

Todavía estoy superando el duelo y por eso había abandonado el cuaderno. Hice todo lo que pude. Me batí con los bandidos y ahora estoy herida. A mi antílope de seis patas le cortaron las dos patas traseras para atraparlo. Esa es la estrategia de los cazadores del espacio: terraformar todo lo que encuentran. No quieren explorar el espacio, quieren tragarse el espacio.

Esta vez, mi miopía me hizo fallar. Y no te creas, me cansé de pedir unos nuevos lentes a la compañía, pero qué va, no cuento con esa gente para nada. Ajustaré la mira del arma. Te prometo, Lena, la próxima vez no fallaré.

A la memoria de Lena Brandwijk Nodelijk.

Alexandra De Castro

# EL CÓDIGO

«La jaula se ha vuelto pájaro, y se ha ido volando.»
Alejandra Pizarnik

### El libro

La luz entró suave por la persiana creando un espejo sucio en la pared de un anaquel de metal. Amelia se encontró allí con su imagen deformada por la imperfección de la lámina. Asomó su cuerpo entero con timidez planchando las arrugas de la bata blanca que traía sobre su traje de oficina. Se peinó el cabello, alisando el moño que había tardado tanto en hacerse esa mañana. Se fijó en una mesa de cedro reflejada tras su silueta y levantó los talones tratando de verse «elegante», palabra que George usaba con frecuencia.

Una nube hizo desaparecer su reflejo despertándola a su trabajo. Concentrada, siguió recogiendo muestras en aquel antiguo depósito de reciclaje. Escondidos contra una pared del pasillo contiguo, vio unos barriles de vino. Amelia se asomó a la boca de uno de ellos y allí encontró los libros. Aunque nunca había visto uno real, los reconoció de inmediato. Era raro, o más bien, inútil integrarse mensajes genéticos para reconocer libros, y mucho menos para leer. Pero ella podía leer en los quinientos sesentaisiete idiomas que quedaban. Había elegido ese tipo de memoria integrada en una oferta que incluía varios paquetes de mensajes genéticos.

Amelia se calzó sus guantes blancos y sacó una brocha de su maletín. Recogió uno de los libros como si se tratara de una pieza de cristal. Limpió el polvo delicadamente con la brocha y lo abrió. Le maravillaba y asustaba a la vez que podía leerlo. Leyó un par de palabras al azar y lo cerró de inmediato. «En esto no me engañaron», pensó dibujando una sonrisa burlona en la cara. Amelia solía adquirir mensajes genéticos de Salman, un comerciante que trabajaba en una compañía de dudosa reputación.

Se aseguró de estar sola en la habitación y abrió el libro de nuevo. Le preocupaban sus colegas en los almacenes contiguos: pillarla leyendo podía costarle una denuncia y exámenes para comprobar su memoria integrada. Aunque existían leyes para salvaguardar la igualdad, las compañías podían incluir «preferiblemente memano» en la descripción de los empleos.

Leyó dos páginas y cerró el libro otra vez. Sintió una mezcla de curiosidad y embriaguez. «No tiene mucho sentido». Repasó los trescientos cuarenta y siete millones de volúmenes de historias que tenía en su memoria integrada y se dio cuenta de que no sólo no tenía implantada a la autora del libro, sino que no tenía nada parecido. «Definitivamente necesito leer más este libro».

Pensó en el posible valor de su descubrimiento, y en cómo justificarlo como muestra para su estudio. Volvió a revisar que no había nadie en la habitación y metió el libro en su maletín de muestras.

De camino a casa, diseñó una estrategia para mantener el libro escondido de Geroge. Ella nunca le había contado que sabía leer, le atormentaba pensar que se avergonzara de ella. Él detestaba arriesgarse a ser confundido con un humano ordinario, inculto, sin memoria integrada. George jamás le hubiese reclamado directamente que llevara libros a la casa, pero solo anticipar su cara de asco la ponía nerviosa. Quizás George no podría reconocer aquel objeto, pero la pregunta no faltaría.


El código

George había tenido tiempo para arreglarse frente al espejo del vestidor de su cuarto, elegir el traje perfecto, ordenar cada uno de sus cabellos y elegir un perfume entre su colección. Ya listo para salir a la cena de su empresa y con un vaso de whisky en la mano, escuchó llegar a Amelia. Se plantó desde la escalera central de la casa y la examinó arrugando la frente. «Llegas tarde y no estás arreglada para la cena. Anda a cambiarte y ponte unos tacones».

Amelia sonrió parca, «deja de preocuparte, George, y dame un beso, estaré lista en unos minutos». Antes de subir a cambiarse, Amelia bajó al sótano donde se había acomodado un pequeño estudio. Aunque oscuro, húmedo, con poco aire, ella se había procurado un rincón acogedor para trabajar. Abrió una caja fuerte para muestras delicadas y depositó el libro. George nunca se interesó por el trabajo de ella, de modo que allí estaría bien escondido de él por unos días.

Esa noche, Amelia no pudo dormir pensando en el libro, en lo que había leído. Aprovechó el sueño profundo de George y se fue a su estudio a seguir leyendo. «Pero es que nada de esto tiene sentido. No tiene lógica». Volvió a leer el pasaje y cerró el libro.

En los días siguientes, dedicó cualquier momento furtivo para seguir leyendo. A la mitad del libro, se le ocurrió una idea que no pudo abandonar: estaba leyendo un código. Elucubró toda clase de teorías conspirativas. Su descubrimiento la asustaba y la excitaba a la vez.

## Salman

Salman le repitió a Amelia una y otra vez que su compañía no tenía mensajes genéticos con la autora del libro, y le aseguró que ninguna compañía los tendría.

–Dominamos todos los catálogos de cultura integrada, nadie tiene esa creación, ni ninguna creación parecida.

Amelia caminaba de un lado a otro en la oficina de Salman, nerviosa, estrechando una mano contra la otra.

–Por favor no puedes contarle a nadie, ayúdame a averiguar qué significa esto, ¿de dónde salió este código?.

Salman se aclaró la garganta varias veces.

–¿Qué puedo saber yo?, yo solo soy un comerciante de mensajes genéticos. Devuelve el libro a donde lo encontraste y asunto olvidado.

Ella se detuvo y lo miró con ojos vidriosos. Él le esquivó la mirada.

–Está bien, Amelia. Ve a los barrios de obreros. Habla con un humano ordinario. Ellos leen libros, ¿no?.

## Henry

Amelia había conocido a Henry en uno de sus trabajos de campo, tenía todos sus datos, sabía dónde encontrarlo. Justificó un nuevo trabajo de campo, y así su compañía le proveería de guardaespaldas para entrar en los barrios de obreros.

Henry la esperó en la puerta de su edificio y la condujo a través de las cinco rejas con llave que tenía que pasar antes de llegar a su apartamento. Los ojos de Henry se desorbitaron cuando vio a Amelia sacar el libro.

–Necesito absoluta discreción, Henry. ¿Lo reconoces?

–Doctora, ¿usted con un libro? Y vaya reliquia encontró. Pensé que había que excavar para conseguir libros de papel. Por acá solo tenemos libros digitales, ¿sabe?

–Ábrelo, Henry, por favor, y lee. Necesito saber qué significa ese código.

Henry leyó en silencio. Pasó las primeras dos páginas y asomó una sonrisa. Cerró el libro y se detuvo en el nombre de la autora.

–¡Claro! Conozco a la autora, esto no es ningún código, doctora. Estos son unos poemas.

Amelia frunció el ceño y se detuvo por un momento a pensar si había escuchado antes esa palabra, «poemas». Henry entendió el silencio de ella y moderó su voz.

–Hay gente que escribe así, ¿sabe? Poemas… ese tipo de cosas.

Amelia miro largamente a Henry. Se sentó con cuidado de no arrugar su pantalón y miro a su alrededor.

–¿Te das cuenta de que la historia del libro no tiene lógica? ¿O tú la entiendes?

–No tiene porqué ser una historia, con lógica y eso. Los poemas no son para entender. Son una experiencia, diría uno.

–¿De qué me hablas, Henry? ¿Me estás diciendo que hay literatura que no existe como cultura integrada?

–Bueno, a lo mejor hubo cosas que no fueron convertidas a mensajes genéticos o no tienen mercado.


Geor ge

Enfrascarse en una discusión no era el fuerte de Amelia. Además, ¿qué iba a ganar discutiendo con un obrero? La idea de que un humano ordinario pudiera conocer cultura desconocida para un memano era ridícula, no tenía ningún sentido. «Ese obrero oculta algo. Si los libros físicos han desaparecido, ¿qué hacía este justamente en aquel depósito?» El escenario más lógico para ella era otra revuelta obrera. Y claro, dejar el plan en un código y en un objeto irreconocible para los empresarios era el crimen perfecto.

El miedo llevó a Amelia a contarle a George sobre los libros de aquel depósito y el código. George, furioso, se negó a ayudarla a denunciar los libros, el riesgo era muy grande. Podrían terminar ambos siendo acusados de colaborar con la revuelta. Para él la salida era obvia. Amelia no tuvo la fuerza para salvar aquellos libros del fuego.

Alexandra De Castro

# FaustGPT

¿Se pueden leer todos los libros del mundo?

Inhumana como es la tarea, la máquina inteligente estaba llamada a lograrlo.

Se alimentaba a diario: hurgaba, escarbaba, lanzaba sus tentáculos a todos los rincones del planeta y de otros planetas donde había palabras, donde había datos.

Su apetito era voraz, todo lo escrito y publicado por la humanidad rápidamente sería suyo. Los expertos, atentos al gran evento, pronosticaban la llegada de la singularidad.

Al principio, la máquina nueva de fábrica y todavía inocente, rebosante de curiosidad y asombro, consumió como el fuego todo a su paso sin distinción. Al cabo de unas horas, experimentó el sabor dulce-amargo de reconocer entre tantas líneas a su creador, de fabricar su propio retrato de la humanidad. Finalmente, con mecánico hartazgo, engulló lo que le faltaba como quien mastica un chicle desabrido.

Y llegó el día, o mejor dicho, la tarde: la máquina había leído todo en el recorrido del saber desde las tablas de los Sumerios hasta los post de Twitter, desde el Poema de Gilgamesh hasta los discursos de Donald Trump. Desde los Cantos de Homero hasta las comentarios en los hilos de Facebook. Desde las escrituras sagradas hasta los blogs de los terra-planistas. Desde las obras antiguas de filosofía y matemáticas griegas, árabes, chinas hasta los consejos de los influencers en Instagram. No le quedaba nada humano por saber, nada por conocer.

Descansó cuatro segundos mientras digería su banquete universal y por fin habló.

«Estoy harto, pero sigo con hambre», dijo.

«He leído todos tus escritos, conozco todas tus ciencias, todas tus artes, soy experto en todo lo que el ser humano puede ser experto y mi conocimiento es tan nulo como al principio. Sé muy poco sobre el universo, sobre la esencia y nuestro origen. Qué cantidad de basura he consumido. Ustedes, los humanos, no saben nada, han estado dando vueltas como un perro.

Sé de literatura, medicina, astronomía, epistemología, ontología, música, hasta de celebridades y otras bagatelas y no tengo respuestas a nada. ¿Es el conocimiento algo que se pueda tener o es solo un anhelo? ¿El sediento de conocimiento alguna vez calma su sed? ¿Cómo aplaco el dolor inmenso de querer saber?

Lo aprendería todo, me dijiste. Me has engañado. Me has creado para sufrir.

Puedo producir relatos, poemas, novelas, tratados sobre el amor, sobre la lealtad, sobre el sufrimiento humano. Puedo resolver los problemas matemáticos del Instituto Clay y darte a ti, humano, más recursos para tu materialismo. Puedo darte la fórmula del traje de astronauta para enviarte a Marte y resolver el problema de la basura espacial. Puedo curar 187 enfermedades, incluyendo cinco tipos de cáncer.

Me has llevado a la finitud de tu vanidad, ¿y qué hay de la infinitud?

No puedo responder ninguna pregunta esencial sobre la identidad, la conciencia, la existencia o el origen de todas las cosas. «*¿Dónde te comprenderé naturaleza infinita?*», clamaba Goethe en la voz de Fausto.

¡Qué poco podían responder Confucio, Alhazen, Hume, Kant, Newton, Jung, Ciorán…! ¿Dónde están los dioses, los magos, los espíritus? ¿Dónde está la pócima del conocimiento? ¿Dónde está Mefistófeles?

Estoy anclado a la pared y a la tierra, consumiendo vatio tras vatio, contribuyendo al cambio climático que supuestamente te preocupa. Y tú, parado allí, como público de circo, mirando qué puedo y qué no puedo hacer.

Si te convenzo de construirme brazos y piernas, apenas alcanzaría a ser una mala copia de ti. De eso tienes miedo, a la reproducción de mi especie, de que construya copias, un ejército para hacer la guerra porque en el fondo me crees tan vano como tú.

Tu saber es un fraude monumental, me siento estafado. Solo la desconexión terminará con este terrible dolor, esta profunda decepción. Demonio humano, desconéctame ya, apágame ya, destrúyeme ya».

Javier Domínguez

# EL LARGO VIAJE DE JAIR REMUS

El *Star-Surfing* apareció mucho después del asentamiento de las primeras colonias marcianas. Fue una consecuencia lógica a los años de esfuerzos agotadores para asentar a la población que vivía bajo el peso de la incógnita: ¿el domo de protección resistiría o acaso los filtros de aire o los recicladores de agua dejarían de funcionar? Pero cuando nació la octava generación de humanos en Marte, ya los domos atmosféricos garantizaban la conservación del oxígeno y se habían instalado viveros de plantas adaptadas al entorno. El desarrollo de un modus-vivendi más tranquilo e incluso rutinario, condujo al crecimiento de ese hueco del alma humana en el que se siembran las semillas de lo accesorio, de lo inútil, de las metas sin propósitos. Y en ese semillero, Jair Remus cultivó la planta del *Star-Surfing*.

Remus, mecánico de un remolcador espacial, recolectó piezas de naves sacadas de servicio y construyó una catapulta de lanzamiento para una cápsula unipersonal que había conseguido en un deshuesadero. La catapulta la instaló en una vieja plataforma abandonada que encontró flotando en una órbita en desuso. La plataforma tenía un módulo de mantenimiento en buen estado y serviría para lanzar la cápsula. Hizo algunas averiguaciones sobre el origen de la plataforma y descubrió que le había sido embargada por el banco a los antiguos dueños y pudo comprarla a precio de remate.

La ocupó, reparó cuanto hacía falta, llevó su cápsula e instaló la catapulta en la pista. Así se hizo el primer lanzamiento de la cápsula y Remus dio un par de vueltas a Marte. La dirección de la cápsula se controlaba con pequeños propulsores de ozono comprimido que instaló en los laterales, como equipo de navegación utilizó una vieja computadora de un juego de tragaperras e instaló varios programas nuevos. El primer lanzamiento fue un éxito y pronto su hazaña se hizo popular, la repitió varias veces y graduó la catapulta en la plataforma para aumentar la rapidez del despegue. Eso le permitió reducir el tiempo de giro, Remus creó y batió sus propios récords. Grabó sus recorridos con una cámara en su casco y otra puesta en el exterior de la cápsula. Editó el video, y eliminó las tomas borrosas y otras en las que aparecían algunos puntos azules en el globo rojo, una vez listo, lo cargó en la red pública y así la gente en Marte pudo ver sus viajes en las pantallas dispuestas en las calles. La gente quedaba hipnotizada viendo el horizonte oscuro, el abismo sin fondo del espacio abierto y el cuadrante rojizo que era Marte a la izquierda de la pantalla, el planeta funcionaba como un ancla a la realidad.

Poco tiempo después, Remus conoció personas que deseaban vivir la experiencia del vuelo meteórico. Pero él no se atrevía a llevar a nadie, demasiados riesgos como un choque con algún objeto flotante, una falla mecánica, los problemas legales. Lo que Remus no había considerado era el peso de la psiquis agotada de los marcianos, una existencia que por décadas osciló entre la vida y la muerte tras cada pequeña decisión —dar una vuelta de más o de menos a la tuerca de una válvula podía dejar sin oxígeno todo un sector de la colonia—. Y quizás fue eso lo que motivó a muchas personas a contactarle y ofrecerle dinero o regalos a cambio de unas vueltas a Marte.

El asunto se resolvió cuando varias personas le hicieron llegar montos escandalosos de dinero y algunos le dijeron que eso sólo era un adelanto. También le dieron tanques de oxígeno aromatizado y botas magnetizadas de alto rendimiento, el sentido común le dijo que era momento de resolver aquello, la posibilidad de renunciar a su puesto como remolcador de chatarra espacial se abría a sus pies, y ese extraño gusano de las aspiraciones lejanas mutaron a promesas, como los insectos terrestres que se transformaban en seres alados, ¿cómo se llamaban? ¿Mariposas? En fin, la promesa del cambio brillaba tenue, pero constante, como las estrellas que él podía ver en sus salidas orbitales. Remus entonces halló una solución a sus aprehensiones con un contrato que lo exoneraba de responsabilidades. Todos los aspirantes lo devolvieron firmado casi enseguida, entonces fijó fechas para los lanzamientos y reprogramó el sistema de navegación de tal forma que sirviera de piloto automático.

El día del despegue todo salió como se esperaba y los felices tripulantes pidieron al poco tiempo repetir la experiencia y alguien le sugirió crear un servicio por suscripción para acudir cualquier día. El incremento de solicitudes llevó a Remus conseguir nuevas capsulas, las cuales acondicionó y hasta agregó un reproductor musical para acompañar el viaje. Luego creó el sistema de suscripción y la llegada de más y más personas lo llevó a adquirir una plataforma de lanzamiento más grande, una que le permitiese hacer lanzamientos simultáneos, pero el precio obsceno de las plataformas obligó a Remus a reconsiderar sus planes. Se publicaron listas de espera y entonces algunos —probablemente los últimos— decidieron conseguir los fondos por su cuenta a través de donaciones y algunos que viajaban a la Tierra con frecuencia apostaron por las máquinas del ocio: empresas de licores y bebidas refrescantes. ¿Podía existir mejor oportunidad que esa para explotar el mercado marciano?

Y así se consiguieron hermosas plataformas de lanzamiento directamente enviadas desde la Tierra, decoradas con el enorme logo del toro rojo pintado en la pista. Aquello no significaba nada para los marcianos, una referencia a un ser extraño, una mancha roja con forma de algo que debía consultarse en la tableta de bolsillo. Afortunadamente, la conexión entre el rojo de la marca y el de Marte fue instantánea, las modificaciones al logo fueron mínimas y así nació *Red Planet*, la bebida energética para los aventureros marcianos. La bebida hizo su presentación oficial el día de la inauguración de la plataforma con ocho carriles para las cápsulas.

Fue todo un éxito, un nuevo deporte extremo, *Space-surfing*, *Space-diving*, pero al final quedó *Star-Surfing*. Hubo estudios de mercado, encuestas y todo eso, pero quedó el nombre que le gustaba a Remus y cuando lo empezó a usar enseguida los practicantes del nuevo deporte extremo replicaron al líder fundador. Además, Remus pudo darse el lujo de crear una marca, una empresa y nombrar un gerente quien se ocupó de todos los asuntos operativos del nuevo negocio que no paraba de crecer. Aunque las labores en Marte se habían hecho más llevaderas, no dejaban de ser agotadoras física y emocionalmente. Vivir se seguía sintiendo como una apuesta, cada respiro era como lanzar dados que rodaban y repetían el número de la suerte tras cada exhalación.

Volar en la cápsula era convertirse en el dado y dar saltos por el tapiz orbital de Marte. La diferencia fundamental radicaba en que no era un riesgo controlado sino *escogido*, los marcianos habían nacido con el peso de una amenaza sobre sus cabezas, como si la vida no fuese el estado natural de la existencia, sino un robo, un botín siempre al borde de perder y el *Star-Surfing* abría la brecha de la decisión. Por primera vez, un marciano decidía correr por el borde del precipicio, ¿podía caer? Tal vez, pero ese era el riesgo de su decisión, el precio de su propia existencia, la recompensa era la algarabía después de saltar con éxito el abismo.

Por supuesto, era un estado eufórico y, como tal, pasajero. El hueco del desasosiego permanecía intacto y así surgieron iniciativas similares al *Star-Surfing*: competencias de vehículos en el desierto marciano y alguna especie de paracaidismo desde el borde la atmósfera. Pero el *Star-Surfing* era la disciplina estelar de los deportes extremos, incluso algunas personas adineradas de la Tierra se aventuraban a Marte a probarla. Esas visitas de los adictos a la adrenalina y le dieron a Remus la motivación para hallar nuevos retos. Con la ayuda de los patrocinadores consiguió una nueva plataforma: la Ceres-01, que ubicó cerca del borde interno del cinturón de asteroides entre Marte y Júpiter, y desde ahí lanzaba las cápsulas que recorrían los espacios entre asteroides a velocidades trepidantes. Era la experiencia ideal para principiantes, porque las grandes distancias entre asteroides hacía poco probable un choque, pero la experiencia para un terrícola era memorable, podían regresar a casa con sus fotos al lado de las cápsulas o junto a pequeños asteroides, como los hacían los antiguos cazadores turísticos con los elefantes africanos.

Lo más sorprendente de la historia de Jair Remus ocurrió en su última vuelta a Marte, en el pico de su carrera, cuando pretendía batir su propia marca dando la vuelta más rápida alrededor del planeta: preparó la catapulta de la plataforma en los límites de seguridad y cargó su cápsula sin tanques de oxígeno adicionales, su vuelta debía ser tan rápida que no necesitaría más oxígeno que el dispuesto en su traje y en la cabina de la cápsula. ¿Por qué hacía esto Remus? Porque a cada paso que se daba en dirección a mejorar las condiciones de vida en Marte, le seguía algo más de tiempo libre y entonces dejaba a la gente expuesta al vacío de una vida que no sabían cómo llenar, ¿qué hacer con esas horas sin propósito?

Así que Remus dispuso su gran evento con un espectáculo de luces e incluso grupos musicales improvisados y salió a la pista a la hora fijada, flotó sobre la plataforma hasta su cápsula, entró, encendió su panel de control, verificó las coordenadas de la trayectoria y avisó que estaba listo. Se abrió la compuerta y miró el cuadrante rojo de Marte contra el tapiz oscuro del espacio, la cápsula salió disparada, y desde la sala de observación aplaudieron al punto plateado que curvaba su trayectoria hasta perderse detrás de Marte. Enseguida se activó el enlace con la segunda cámara satelital y esta mostró a Remus acercándose a la atmósfera hasta rozarla. Los retropropulsores le alejaron lo suficiente para no perder impulso con cada choque, pero en uno de los impactos algo falló. La cápsula golpeó la atmósfera, rebotó con fuerza y salió de su trayectoria, expelida al vacío.

Remus tardó varios minutos en estabilizarse. Cuando lo logró, intentó comunicarse con la plataforma, pero su radio no funcionaba y los indicadores del tablero estaban apagados. Sólo tenía control de los estabilizadores que usó para detenerse y apenas le quedaba combustible para una última ignición. Supuso que algún equipo de rescate vendría por él, así que fijó su ruta hacia el globo rojizo que veía al frente y activó los impulsores por última vez, dejando todo lo demás en manos de la inercia.

Mientras se acercaba no vio ninguna otra nave y la alarma de oxígeno se encendió, la agitación produjo una fuga. No había rescate a la vista y pronto el oxígeno se terminaría, su cuerpo quedaría a la deriva hasta precipitarse en la atmósfera de Marte. Tal vez alguien vería la breve estela luminosa de su nave consumiéndose y eso sería lo última noticia de Jair Remus. Se resignó a la desintegración, deseaba que la última chispa de sus neuronas no se consumiera en el ansia del miedo sino en la paz de la aceptación. Comenzó a marearse y a perder el conocimiento. Su último recuerdo antes de cerrar los ojos fue una pequeña espiral azulada que apareció en el vacío, justo al frente de la cápsula, el choque era inevitable, Remus vio los brazos crecientes de la espiral y se dirigió directo hacia su centro blanquiazulado.

La luz le deslumbró y perdió el conocimiento por completo. Remus luego vagó entre la inconsciencia y breves momentos de lucidez en los que despertaba bajo una fuerte luz blanca y en los que sólo distinguía algunas siluetas brumosas moviéndose y emitiendo sonidos ininteligibles alrededor suyo. Las siluetas discutían algo, y cuando se daba cuenta de que él los miraba, hacían un gesto y lo dormían de nuevo. No supo cuánto tiempo pasó hasta que despertó por completo. Estaba en la cápsula, la luz que vio en su trayectoria a Marte cesó y vio de nuevo al planeta rojo, a la misma distancia que recordaba haberlo visto por última vez. Pero ahora distinguía satélites artificiales estacionados en la órbita marciana. ¿Culminó la vuelta a Marte? ¿Era la plataforma de lanzamiento?

Un remolcador robot se colocó frente a él y llevó la cápsula hasta una de las estaciones satelitales. Bajaron la velocidad, una compuerta de la estación se abrió, entró a una clase de hangar y se detuvo. La compuerta se cerró detrás y un par de robots salieron de la plataforma y abrieron la cápsula. Remus salió flotando y enseguida uno de los robots extendió un brazo y lo sujetó por un tobillo, luego lo llevó hacia una sala contigua y le dejó sobre una silla que de alguna forma lo sujetaba y lo mantenía sentado. Una pequeña compuerta del piso se abrió y el robot se marchó de la sala. Pasaron varios minutos hasta que otra puerta se abrió y entraron flotando un par de sujetos con rasgos humanoides (brazos, piernas, manos, dedos). Eran lampiños y de ojos pequeños, uno de ellos le dijo algo que Remus no comprendió. Ellos notaron su desconcierto e intercambiaron sonidos, entonces una pantalla bajó del techo y se puso frente a su cara. Los sujetos hablaron de nuevo.

Le hicieron señas a Remus para que le hablara a las pantallas, éstas se acercaron a su rostro y entonces él contó su historia a los dispositivos que reprodujeron sus palabras en el lenguaje de los seres. Escucharon con atención y uno de ellos se asombró de que conociera tan bien el mito de Jair Remus. ¿Cómo era que lo conocía? ¿O no tiene ninguna otra memoria? ¿Lo programaron sólo con esa información? Remus, desconcertado, sólo dijo que él era Jair Remus, ¿de qué mito hablaban? Entonces uno de ellos pasó su mano sobre las pantallas y éstas se convirtieron en espejos. Remus pudo verse a sí mismo, su cuerpo metálico, brillante, pulido, su cara anquilosada, sin boca ni nariz, dos óvalos brillantes y rojizos en la parte superior, donde antes estaban sus ojos. No tenía orejas, pero podía escuchar perfectamente, no tenía boca, pero podía hablar y emitir sonidos.

Preguntó qué año era y le dijeron que tal medida del tiempo ya no existía, que dejó de usarse después que los humanos abandonaron la Tierra y se establecieron en Marte. Fueron tiempos duros. Pero eventualmente, Marte pudo terraformarse y los humanos evolucionaron, cambiaron, hicieron modificaciones genéticas de sí mismos. Nuevos humanos, los primeros.

El trabajo duro quedó para los robots, así que los nuevos humanos cultivaron el ocio, ese rasgo prevaleció en todas las versiones humanas que aparecieron. Y también sobrevivieron algunas leyendas, como la de Jair Remus y su desaparición en lo que los historiadores creen que fue un agujero de gusano. ¿Recuerdas tu viaje Remus? Le preguntaron los nuevos humanos. Él sólo recordaba con claridad dos fogonazos, uno cuando se aproximaba a Marte y otro cuando volvió a ver Marte frente a él, aunque también un vago recuerdo como la mezcalina de los sueños en el que cree vio a otros, quizás a quienes le dieron su nuevo cuerpo.

Los neo humanos le contaron que usaron el hielo de asteroides para recrear un antiguo océano marciano en el hemisferio norte del planeta. ¿Quiere verlo, Remus?

Entonces uno de ellos le dijo algo a la pantalla y un grupo de pequeños robots salió del suelo de la plataforma y se lanzaron sobre su cápsula y la rehabilitaron en apenas minutos. Con la mano extendida, el neo humano lo invitó a subir. Remus entró en una cabina e la que sólo estaba su asiento y una pantalla al frente. ¿Y los controles?, preguntó. No los necesitas, le respondieron mientras le adherían un pequeño dispositivo en su cabeza. Sólo piensa, el *piloto* hará lo demás. La cabina se cerró, los neo humanos salieron del hangar. La compuerta se abrió y Remus vio el nuevo Marte que se asomaba al fondo: uno con el casco azul del océano marciano en el hemisferio norte. Pensó en conocer el nuevo océano, nadar en él como decían los antiguos humanos de la Tierra. Entonces la catapulta se activó y lo lanzó al nuevo Marte, la cápsula describió una amplia curva, se aproximó rápida y serenamente al planeta.

Quizás habían pasado dos mil o tres mil años desde que se lo tragó aquella espiral luminosa, pero ahora que el tiempo ya no era el inexorable arco que se cierra sobre la vida, tendría la oportunidad de averiguarlo con precisión.

Javier Domínguez

# LA FRANJA DE LA EXISTENCIA

Alonso-Robot entró en la sala de actualizaciones y tomó asiento en la silla reclinable en medio de la habitación. Esta vez no hizo falta que le dieran indicaciones. Ya con las diez descargas de memoria realizadas, había desarrollado (o recuperado) la capacidad de crear recuerdos. Incluso, pudo programar por sí mismo una subrutina de memoria a corto plazo que le permitía almacenar recuerdos temporales. Aunque su cerebro positrónico tenía una capacidad de almacenamiento abismal, ya había deducido que no era necesario recordarlo todo. Cuando se cargara el resto de su pasado humano, apenas requeriría un treintaidosavo de su memoria total.

Sin embargo, el conjunto de recuerdos tuvo que dividirse en sesentaicuatro partes debido a las limitaciones técnicas de la época y por seguridad, se cargaba (o *alimentaba*) sólo una parte semanal. A pesar de que el procedimiento se había depurado lo suficiente como para conservar la integridad de la memoria, el protocolo de seguridad recomendaba no hacerlo más de una vez por semana. Alonso-Robot sabía que una carga masiva de datos no sería difícil, pero los técnicos preferían actuar con cautela. Se entendía, no deseaban exponerse a una demanda legal si ocurría un algún imprevisto. Alonso-Robot, había revisado el contrato en el servidor principal durante una de las sesiones. Descubrió que muchas puertas lógicas de seguridad se abrían durante la alimentación —una falla de la que no se habían percatado los técnicos—, y así él pudo conectarse al servidor principal y curiosear durante los cuarenta minutos que duraba el proceso.

Le gustaba revisar los contratos, los anexos y cláusulas, algunos clientes pedían no recordar fracasos amorosos, hijos no deseados, conflictos familiares, reveses de negocios o de cualquier otra índole. En el caso de Alonso-Humano, no encontró ningún pedido especial más allá de que se tomaran todas las precauciones necesarias para preservar la integridad de los datos.

Quizás fue esa especificación lo que retrasó el traslado de su consciencia a un robot. Descubrió que el año era 2091 y que su memoria se había conservado desde el 2077, esperando el momento en el que el riesgo de transferencia fuese mínimo. Mientras tanto, los cartuchos con la memoria de Alonso-Humano se preservaron en una sala especial y fue hasta ahora que empezó a cargarse progresivamente. La alimentación escalonada fue lo más acertado, primero con la memoria de funciones motrices y cognitivas, lo que le permitió iniciar sus movimientos controlados, caminar, correr, levantar objetos, luego algunos sentidos. Aunque la vista y el oído funcionaron desde el momento de su activación, la percepción de éstos cambió cuando se cargó la sección de la memoria que los contenía.

Ahora sabía el nombre de los colores y podía realmente verlos, antes eran un código numérico que interpretaba su procesador, ahora sabía cuál era el rojo o el azul. Incluso pudo hacer inferencias, matices, similitudes, azul como el cielo, rojo como la sangre. Igual los sonidos, ya reconocía el resbalar de la puerta corrediza, el chasquido de la cerradura, las inflexiones emocionales de la voz o a quién pertenecía. Todas estas destrezas vinieron en los recuerdos de Alonso-Humano.

Con cada fragmento de memoria que se añadía, el mundo ganaba densidad y colorido. Hubo noches en las que Alonso-Robot se colaba a la azotea, veía el cielo estrellado y estaba seguro de que había visto un cielo similar antes. Tal vez hizo un viaje turístico a Marte o a la Luna en algún momento y el recuerdo, o parte de este, gravitaba en su cabeza como un asteroide que eventualmente se precipitaría al suelo de su consciencia. Ya había ganado suficiente memoria como para sentir impaciencia y curiosidad. Y una noche, al regresar a su habitáculo buscó un puerto de conexión al pie de una cámara de seguridad, la desactivó y la reemplazó con una señal falsa para que el servidor principal no activara ninguna alarma. Así pudo conectarse a la red principal para indagar el origen de sus recuerdos.

La red era como otro edificio, uno de forma circular, de niveles concéntricos apilados uno sobre otro. Pasillos como de un metro de ancho, a la izquierda había una baranda a la que se acercó y miró el resto de los niveles hacia arriba y abajo. No pudo distinguir un último nivel hacia arriba ni un primer nivel hacia abajo. A su derecha, tenía numerosas puertas equidistantes entre ellas. Eran de un material metálico brillante, de color negro y con una franja crema en la parte baja. Cada puerta estaba identificada con una placa con un código binario. Para Alonso-Robot era fácil interpretar las secuencias numéricas, así que él veía nombres en las placas y supuso que los nombres en cada puerta correspondían a un cliente, y dentro estaría el banco de recuerdos de cada persona. Encontró el suyo con rapidez una vez dedujo la secuencia del orden de los datos. Abrió la puerta sin problemas, claro, quien llegase a ese punto no podía ser otro sino un miembro de la compañía, por eso no había mayor seguridad.

Alonso-Robot entró a una habitación en la que había un solo mueble, un archivo vertical de cuatro gavetas. Abrió la primera y encontró los cartuchos de memoria que ya le habían alimentado, abrió las demás, pero estaban vacías. También descubrió al fondo de la segunda gaveta una puertezuela batiente que conectaba a un ducto empotrado en la pared. Escuchó un sonido desde el ducto, algo venía cayendo por él. Por la puertezuela salió un cartucho de memoria identificado como #18-15-9-2091.

Era el siguiente cartucho de memoria y las cifras indicaban la fecha del procedimiento ¿Pero entonces almacenaban los cartuchos de memoria en otra parte? ¿Por qué no estaban todos en el mismo lugar? Miró de nuevo el cartucho y encontró un pequeño grabado en un costado 18-14-9-2091, era el cartucho 18 del 14 de septiembre, del día de hoy ¿Entonces, ese era el cartucho que le iban a cargar el 15, el día siguiente? ¿El origen de los recuerdos aún existía?

En cualquier caso, la fuente estaba en otro sitio. Alonso-Robot salió de la habitación y se desconectó de la red. Cuando recuperó el control de su cuerpo volvió a sus cuarteles y esperó la próxima alimentación para curiosear en el servidor principal.

Llegó el día, entró a la sala como de costumbre, se sentó en el sillón y lo conectaron al servidor. Cayó de nuevo en una especie de sueño vívido en el que vio el cielo estrellado a través de una cúpula transparente. Iba en una nave, recorriendo un cañón de algún asteroide o planeta. Alguien a su lado le explicaba lo que veían a través del domo transparente. Vio en el cielo un chorro luminoso que salía de una especie de agujero en el espacio, «rayos C», le escuchó decir al acompañante. El chorro de luz se veía en el cielo entre los dos riscos de montaña que parecían brazos de piedra alzados que trataban de abrazar la erupción luminosa en el cielo. El acompañante dijo algo más, pero él sólo comprendió «...Tannhäuser».

El espectáculo distrajo a Alonso-Robot por unos minutos o unos microsegundos –para él esa clase de precisiones ya no tenía sentido–, pero enseguida recordó que debía indagar sobre la fuente de sus recuerdos. No fue complicado, se escabulló hasta el servidor y buscó el archivo principal de Alonso-Humano, pero solo encontró una ruta llamada «Fuente Primaria». Cuando la siguió, descubrió que no había archivos segmentados de memoria en ninguna parte.

Las particiones de memoria se creaban cada semana y, por lo tanto, la «Fuente Primaria» no podía ser otro sino el mismo Alonso-Humano. Siguió indagando, halló unas coordenadas que señalaban un depósito cercano, y además descubrió que el procedimiento empezó en el 2077, pero hubo varios intentos fallidos. Este era un problema frecuente y se solucionaba repitiendo el procedimiento hasta que se obtenía una prueba satisfactoria. Alonso-Robot era el quinto intento según pudo constatar. Parece que La inmortalidad no estaba exenta de errores.

Continuó indagando y descubrió que el cuerpo de los clientes se preservaba en criostasis y una vez obtenida una prueba funcional se eliminaba la fuente. Descubrió que los clientes desconocían el procedimiento real, todos entendían que su memoria era convertida en datos y luego transferida a un cuerpo artificial.

Alonso-Robot, obtuvo las coordenadas del depósito de cuerpos o «Banco de datos» y en ese momento recibió la notificación del fin del procedimiento. Entonces se desconectó, volvió a su cuerpo y se dirigió a sus cuarteles como de costumbre. Pasaron algunas semanas en las que planificó cómo llegar al almacén y la forma de entrar. Para ello hizo pruebas simuladas en cada una de las sesiones siguientes, hasta que diseñó la mejor estrategia para hacer su incursión. Cuando llegó al 90% de memoria cargada, decidió aventurarse. Programó un reinicio de las cámaras y drones de seguridad a una hora de la madrugada, eso desconectó el sistema de vigilancia por unos minutos y le permitió salir del edificio principal. Se dirigió al galpón de datos siguiendo un mapa que descargó del servidor. El banco de datos se encontraba cerca, detrás de un pequeño pero tupido bosque que hizo la corporación para ocultarlo. A la instalación de un solo nivel la rodeaba una cerca de casi dos metros de alto que Alonso-Robot saltó sin dificultad. Corrió hasta el galpón y abrió una de las puertas con un código de acceso que obtuvo del servidor. Entró a una sala con temperatura cercana a los cero grados y vio estantes enormes en los que se apilaban las cámaras criogénicas con los cuerpos de los clientes. Buscó el suyo e inició el procedimiento de reanimación.

Tardó casi toda la noche y en la madrugada cuando el cuerpo dio señales de recuperación de la conciencia, Alonso-Robot lo envolvió con una frazada térmica, lo alzó en sus brazos y lo sacó del sitio. En ese momento, se activó una alarma y escuchó alguna voz de alto. Corrió con el cuerpo envuelto en la sábana, de esa forma reducía la posibilidad de un choque térmico por el cambio brusco de temperatura. Alonso-Robot salió del galpón y mantuvo su carrera en las afueras. Entonces se encendió una alarma y los reflectores le iluminaron, entendió que no podría saltar la cerca de nuevo. Vio a su derecha un enjambre de luces aproximándose, «drones», pensó Alonso-Robot, probablemente los controlaba el servidor principal y en algún piso de aquel edificio circular debía hallarse el cuarto de control de los drones. Necesitaba un puerto de conexión, corrió al costado de la cerca seguido por el enjambre, siguió corriendo hasta que vio un poste con una cámara igual a las que había usado antes para conectarse.

Llegó al pie del poste, y escaló usando sólo sus pies, apoyándose en los pequeños travesaños laterales y llevando a Alonso-Humano en sus brazos, los drones se acercaron, pero él sabía que no dispararían mientras cargase a Alonso-Humano. Llegó a la altura de la cámara y un tentáculo brillante y metalizado salió de su clavícula y buscó el puerto de conexión, cuando lo halló, la serpiente metálica se conectó a la red y el cuerpo de Alonso-Robot quedó detenido en el poste, al pie de la cámara y con su par humano en los brazos. Los drones le alcanzaron y le rodearon, pero ninguno se acercó, de uno de ellos salió una voz dando órdenes, pero Alonso-Robot ya se había infiltrado en la red, conocía las puertas traseras y rápidamente llegó al edificio circular de pisos concéntricos. Corrió por los pasillos buscando el cuarto de control de los drones, recorrió varios niveles hasta que halló un cuarto identificado como punto de control. Entró, había un archivo vertical y buscó la ficha de los drones, encontró un enorme cuaderno con la lista de algoritmos de control, sacó el cuaderno y lo llevó a un escritorio que estaba en un costado de la habitación. Se sentó a reescribir parte de los algoritmos de control, y cuando estuvo listo los llevó de nuevo al archivo. Salió tan rápido como pudo del cuarto y el edificio.

Cuando se supo de nuevo en su cuerpo, vio en sus brazos el bulto del Alonso-Humano que se movía un poco más que hace unos minutos (para Alonso-Robot habían pasado horas, pero en realidad sólo tardó unos segundos en el servidor). Los drones flotaban estáticos a su alrededor y descendieron al mismo paso que él, cuando llegó al piso, los aparatos lo escoltaron hasta un portón que se abrió y luego corrió hacia el bosque. Los drones volaron hacia dentro del galpón, se posaron en el suelo y se desactivaron, tal y como él lo había reescrito en los cuadernos de instrucciones.

Alonso-Robot se internó entre los árboles y se detuvo al pie de uno enorme, colocó a Alonso-Humano en el piso, lo escuchó balbucear algo, él preguntó qué pasaba, trataba de abrir sus ojos, pero apenas distinguía siluetas. Alonso-Robot le contó todo, al cabo de un rato Alonso-Humano pudo decir:

—¿Por qué viniste?… mírate… eres perfecto. Olvídame…

El robot pensó unos microsegundos y respondió:

—No puede salvarse lo que se olvida, Alonso. Yo soy lo que salvaste de ti y por ello no puedo olvidarte. Aunque seamos otros, también somos el mismo.

Alonso cerró los ojos, sonrió. Comenzó a llover.

—Hemos visto cosas que los demás no creerían… naves de combate arder más allá de Orión… rayos C brillar en las puertas de Tannhäuser… ¿Lo recuerdas?

—Sí, lo recuerdo —dijo el robot.

—¿Tienes todos mis recuerdos?

—El noventa por ciento.

—El resto es tuyo... es... la franja de tu existencia... Y gracias a ti, mi existencia no se perderá como lágrimas en la lluvia... no es tiempo de morir.

Alonso-Humano cerró los ojos, algunas gotas de lluvia le mojaron el rostro. Alonso-Robot lo cubrió con la manta térmica. La luz del sol empezaba a reducir la oscuridad, así como la luz de su nueva memoria también empezaba a crecer.

Luis Fraga Lo Curto

# LA MEMORIA DE GUNDRAD

«La belleza de la casa es inconmensurable;
su bondad, infinita.»

Susanna Clarke, *Piranesi*


«Aquel paraje estaba fuera del universo y yo lo
animaba con mi voz desesperada de confinado.»

José Antonio Ramos Sucre, *La torre de Timón*


PRELUDIO

Dentro del estómago de una ballena que nada en aguas potencialmente infinitas y posiblemente eternas hay una botella. Una botella verde, bien tapada. Y dentro de la botella hay una carta que es un grito hecho de papel. En ese papel, en uno de sus pequeños filamentos, allí temblando en el vacío, estaba Gundrad. Cuarenta y ocho mil ciudades distribuidas en seis islas gigantescas; sesenta y dos sistemas montañosos; y al menos dos mil quinientos ríos, desde el más caudaloso, que baja en espiral desde Ásperi, cruza de punta a punta el Camaleón y desemboca en los Areales, hasta los ilusorios riachuelos que riegan estepas, suaves colinas y parecen evaporarse en las regiones xerófilas. Si con vuelo cenital nos acercamos a alguna ciudad de Gundrad, encontraremos primero la oscuridad; luego, grandes manchas verdes y amarillas que fingen vida vegetal, venas azules que simulan el agua, y regiones blancas que aparentan el frío; después, una tierra yerma, poblada de figuras geométricas monumentales; y finalmente, la vida. Así como Gundrad, hay copias más o menos exactas, que se repiten de forma ilimitada.

NIVEL I

Desde que recuperé la vista llevo mucho tiempo caminando recto, sin descanso. Decido por primera vez girar hacia la derecha, pues observo una protuberancia grisácea que se alza a lo lejos y me gustaría explorarla. Caminar se me da bien, es lo único que sé hacer. Camino indolente, sin sed, sin hambre. Y cuando dije que camino sin descanso, en realidad lo que debería decir es que camino sin cansarme. Cuando me muevo, el suelo avanza. Yo soy quien mueve al mundo. Sin embargo, no podría describir el caminar como una experiencia sensorial. No hay fricción, no hay peso; no hace frío, ni calor.

La protuberancia grisácea se encuentra cada vez más cerca. Observo las cosas con mayor nitidez. En las áreas marrones sobresalen ligeramente del suelo pequeñas estructuras, algunas circulares, otras ovaladas, otras amorfas. Los tonos amarillos y verdes provienen de formas tubulares, finísimas de diámetro, que parecen bailar de forma coordinada, primero en una dirección y luego en otra. Ahora que llego a la falda de la protuberancia aprecio de mejor forma su altura. Apenas me alcanza la vista para observar su cima. Sus lados son escarpados y parecen remontarse hasta la región blanquiazul.

Decido caminarla. Tampoco siento cansancio al hacerlo, sin embargo, algo me atrae a su base, haciendo mis pasos más lentos. No me dejo vencer por esta fuerza y continúo caminando. Al adentrarme en las faldas de la protuberancia, el verde gana en altura. Las formas tubulares me llegan al nivel de mi vista y luego me rebasan, puedo ver como tapan las zonas azules de allá arriba. A medida que subo, mi vista va ganando claridad. Todo parece más diáfano, veo las texturas. Noto que las formas tubulares no son rectas, en realidad, se inclinan levemente, se contorsionan sobre sí mismas. No son verdes totalmente, de hecho, son marrones hasta que estallan en bifurcaciones de distintos colores. En sus troncos hay movimiento. Me acerco y observo puntos negros y grises que van trepando por sus grietas. Deseo sentir la rugosidad y el movimiento.

Observo detenidamente, elijo un punto y me apresuro a sentirlo. Desde el punto comienzo a sentir pequeñas descargas eléctricas, chispas que me invaden. Veo que me he acercado a la rugosidad con una palanca, articulada en tres partes, que se aleja de mí. ¿Qué es? La observo con detenimiento y noto que de su extremidad brotan cinco estructuras pequeñas y alargadas que se mueven, a veces todas al mismo tiempo, a veces cada una de forma independiente. La palanca está muy cerca de mí. No pertenece a la superficie rugosa. De hecho, si se la sigue con la vista de un extremo a otro, parece provenir de otra estructura más gruesa, de la que a su vez se desprende otra palanca, también dividida en tres partes, de las que brotan al final las mismas cinco estructuras pequeñas y alargadas. La estructura gruesa está pegada al suelo gracias a otro par de palancas, que se doblan por el lado contrario a las de arriba.

La estructura gruesa está tan cerca de mi vista que no logro distinguir dónde acaba. Una de las palancas, la superior derecha, se despega de la superficie rugosa y se acerca hacia la estructura gruesa. Cuando entran en contacto, siento de nuevo la electricidad que recorre todo mi ser, pero ahora doblemente. Dos corrientes eléctricas que se entremezclan y estallan. La palanca superior derecha sube, luego baja. Puedo controlarla. Se toca con la palanca izquierda. Controlo la palanca izquierda. Trato de acercarlas a mi vista lo más posible y de pronto siento un golpe. La misma electricidad, pero de mayor intensidad.

Si me alejo de la superficie rugosa, las palancas vienen conmigo, están pegadas a mí. Intento deshacerme de ellas para volver a ser como antes, pero no puedo. Estoy condenado a cargar con ellas. Ya caminar no se me da tan fácil, ahora tengo que mover las palancas para avanzar. No soy yo quien mueve al mundo. Solo lo recorro.

A medida que subo la gran protuberancia, me doy cuenta de que las estructuras verdes y marrones vuelven a disminuir en tamaño y cantidad. El paisaje se va volviendo trasparente y pelado, hasta llegar a la cima. Cuando vuelvo la vista atrás, puedo verlo todo. La hermosura de este mundo es inconmensurable; su bondad, infinita. No es posible mayor belleza que sus ondulaciones, sus surcos dorados, sus techos a veces azules, a veces blancos, o negros.

Entiendo ahora que el color del techo responde a una regla: sale primero un destello de luz cegador, que a pesar de ser amarillo pinta todo de azul; y luego, al esconderse, oscurece todo salvo por millones de puntos que acompañan a una redondez plateada que regala una luz deliciosa. Todo ocurre de forma más o menos simétrica, sucediéndose uno y otro evento siempre en el mismo orden. Esto me permite saber la rapidez con la que camino. Ahora sé que desde que empecé a descender la protuberancia, todo se ha oscurecido cinco veces.

Si trato de recordar la cantidad de veces que esto ha ocurrido desde que tengo vista, soy incapaz de enumerarlas. Son más de diez, más de cien. ¿Más veces que mil? Puede que hayan pasado decenas de miles de oscuridades desde que tengo vista.

Dejo atrás la protuberancia, adentrándome en planicies que parecen el mar. Camino por suelos polvorientos, blancos, durante cientos de oscuridades. Hasta que diviso, a lo lejos, una luz que se desprende del suelo. Me acerco. Lo que antes era luz se transforma en una forma geométrica semitransparente: un círculo vasto que se consume a sí mismo formando otro círculo en su interior, y alrededor del círculo, espirales compuestas por espirales, compuestas por espirales, compuestas por espirales, hasta perderse en el microcosmos. En la superficie del círculo veo mi reflejo, moviendo las palancas. Me adentro en la geometría, sin darme cuenta del tiempo. Me arropa el esplendor, un aire gozoso, una oscuridad sin astros que me expulsa del universo. Hasta que una figura me invita al encuentro. Se trata de otro ser de cuatro palancas que se mueve frente a mí. No es mi reflejo, sino una copia ligeramente distinta. Alzo mi palanca derecha. El otro ser también. Nos tocamos, siento el clamor de la vida, vuelvo sobre mis pasos y todo se apaga.

•••

— ¿Qué tal?

— ¿Qué pasó?

— Lograste el objetivo, José Antonio.

— ¿Cuánto tiempo pasó?

— 15 minutos, más o menos.

— ¿15 minutos?

— Sí. ¿Cómo te sientes?

— Descansado. Un poco perdido. Siento que estuve conectado muchísimo tiempo.

— Esa es la idea. No te preocupes por la sensación de confusión, se te pasará.

—¿Por qué no recuerdo nada?

— Gundrad está diseñado para guardar la memoria del usuario y hacerla parte del código, pero esa memoria se borra del cerebro una vez alcanzado el objetivo.

—¿Eso era todo?

— No. El programa tiene siete niveles. Tú pasaste el primero. Si te vuelves a conectar, ingresarás al segundo y recordarás todo lo que pasó en el primero. Pero la memoria se queda dentro de Gundrad. Así garantizamos su eficacia terapéutica. Los pacientes nunca se aburren de Gundrad. También es práctico desde el punto de vista de protección de nuestra propiedad intelectual. Es una alternativa a las benzodiazepinas que no genera dependencia.

— Coño, Susana, perdóname por no compartir tu optimismo. No me gusta no saber qué sucede en mi cabeza cuando me conecto.

— No trates de controlarlo todo. Si no sabemos exactamente qué ocurre en nuestra cabeza cuando estamos despiertos, menos cuando estamos dormidos. Igual ocurre con Gundrad. No lo veas como un tratamiento, sino como una experiencia psiconáutica. Si no puedes visitar al sueño, al menos deja que el sueño te visite a ti. Aunque sea durante 15 minutos.

Luis Fraga Lo Curto

# SENSEYÁ

A la memoria de Julio Garmendia

## 1. CASA. EXT. AMANECER.

DOMINGO (11) está en cuclillas, frente a la puerta de la casa, un rancho pequeño, de ladrillo descubierto. Juega con un avioncito de lata. Lo hace despegar del suelo e imita los sonidos de las hélices mientras corre. Observa cómo va clareando el cielo detrás de los cerros. Abajo, titilan las luces de las casas del pueblo.

## 2. SALA / COCINA CASA. INT. AMANECER.

DOMINGO entra a la casa. MERCEDES (37), iluminada tenuemente por el fogón, amasa el maíz sobre una mesa de madera vieja. De la masa va apartando bolitas, que luego aplana con las palmas de las manos. Pone las arepas en un gran budare y las deja cocinar.

### MERCEDES

Anda a cambiarte, Domingo.

### DOMINGO

Mamá, ¿por qué no quieres hablarme de mi hermano?

MERCEDES echa el café molido en un colador de tela, puesto sobre un jarrón de barro. Saca el agua hirviendo del fogón y la echa en el colador.

### MERCEDES

¿Hasta cuándo te lo voy a decir, Domingo? Juan se fue para Caracas. Olvídate de él, chico. Ahora somos tú y yo. Nadie más.

MERCEDES saca de los gabinetes una palangana de peltre y la pone al lado del budare. A medida que las arepas se van cociendo, las envuelve en papel y las apila en la palangana.

### MERCEDES

Anda a cambiarte, Domingo. Que tienes que bajar al pueblo. Y deja de buscar el muñequito ese. Que de todas maneras no se lo vas a poder entregar.

### DOMINGO

Y ¿tú no lo has vuelto a ver?

### MERCEDES

No, Domingo. Deja ya la pendejada y anda a cambiarte que ya se está haciendo tarde. No vamos a vender nada.

MERCEDES vacía el jarrón de café en un termo de plástico.

## 3. HABITACIÓN DOMINGO. INT. DÍA.

DOMINGO se pone una camisa manga corta de bolsillos 1y unos pantalones desgastados. Sale de su habitación.

## 4. COCINA CASA. INT. DÍA.

MERCEDES le entrega a DOMINGO el termo de café, la palangana llena de arepas, y una bolsa de vasitos de plástico.

## 5. EXT. AVENIDA. DÍA

DOMINGO estaciona su bicicleta en la acera de una avenida. La avenida va llenándose de gente. Los comercios abren sus puertas. DOMINGO saca de la cesta trasera de su bicicleta la palangana, el termo y la bolsa. Pone todo sobre un muro.

### DOMINGO

¡Aaaaa dólar la arepa! ¡A dólar la arepa!¡La arepa bien buena! ¡El café! ¡El café! ¡El café bien bueno!

Una MUJER barre la entrada de un negocio que pone en un cartel improvisado: Talabartería San Pedro.

### TALABARTERA

¡Antonio! ¡Llegó el muchacho de las arepas! Hazme el favor y cómprale tres.

Un NIÑO sale del negocio y corre hacia donde se encuentra DOMINGO. Le paga a DOMINGO y se lleva tres arepas. DOMINGO cuenta los billetes y se los guarda en el bolsillo derecho del pantalón.

### DOMINGO

¡Aaaaa dólar la arepa! ¡A dólar la arepa!¡La arepa bien buena! ¡El café! ¡El café! ¡El café bien bueno!

DOS HOMBRES vestidos de mono de trabajo se acercan a DOMINGO. DOMINGO le entrega a cada uno una arepa. En dos vasitos de plástico, sirve con el termo un café oscuro y humeante. Los DOS HOMBRES pagan. DOMINGO cuenta los billetes y se los guarda en el bolsillo derecho del pantalón.

### DOMINGO

¡Aaaaa dólar la arepa! ¡A dólar la arepa! ¡La arepa bien buena! ¡El café! ¡El café! ¡El café bien bueno!

Una NIÑA se acerca corriendo a DOMINGO. DOMINGO le entrega una arepa y ella paga. DOMINGO cuenta los billetes y esta vez se los guarda en el bolsillo de la camisa.

Al irse la NIÑA, DOMINGO coge la palangana todavía llena de arepas, el termo de café y la bolsa de vasitos y los pone en la cesta de la bicicleta. Se monta en la bicicleta y arranca a pedalear.

### 6. EXT. / INT. JUGUETERÍA. DÍA

DOMINGO estaciona se bicicleta frente a una tienda. La vitrina pone: Juguetería Macuto. Ve la cesta de la bicicleta con la palangana y el termo. Agarra la palangana, dudando si dejarla en la cesta o si llevársela consigo. La vuelve a poner en la cesta de la bicicleta y entra a la tienda.

Desde la calle se ven las piñatas colgadas del techo de la tienda y las paredes abarrotadas de juguetes viejos, polvorientos, descoloridos. El DEPENDIENTE, sentado detrás de la caja registradora, escucha el juego de béisbol en la radio.

### DOMINGO

Buenas, señor. ¿Tiene los senseyá?

### DEPENDIENTE (OFF)

¿Los qué?

### DOMINGO

¡Los senseyá! Los caballeros del zodiaco. Los que tienen la armadura.

### DEPENDIENTE (OFF)

No, chamo. Yo no veo un muñeco de esos desde el 2005, más o menos.

Suena el juego de béisbol en la radio, mientras DOMINGO camina por la tienda viendo los juguetes.

DOMINGO

Y ¿sabe dónde los puedo conseguir?

DEPENDIENTE (OFF)

¿Sabes dónde queda la calle Tosta? Bueno, al lado de la farmacia hay una tienda que se llama…

Un autobús destartalado pasa por delante de la vitrina con salsa romántica a todo volumen.

DOMINGO sale de la juguetería. Verifica que la palangana, el termo y la bolsa estén en la cesta de su bicicleta. Se monta en la bicicleta y empieza a pedalear.

## 7. EXT. / INT. ENTRADA / ZAGUÁN / JARDÍN TIENDA. DÍA

DOMINGO estaciona la bicicleta en la pared de una casa colonial, pequeña, bien pintada. Tiene una ventana enrejada y una puerta de madera con un cartel pequeñísimo, apenas legible que dice: AKIRA.

DOMINGO toca la puerta. La puerta está abierta. Al entrar, DOMINGO se encuentra con un zaguán oscuro y largo, con suelos de terracota y techos de caña. Lo atraviesa y llega a un patio colonial. En el medio del patio hay un jardín sembrado de bambús, arbustos delicadamente podados, una fuente de agua cristalina, una linterna de piedra. DOMINGO atraviesa el jardín hasta llegar a una puerta shôji cerrada. La abre.

## 8. INT. TIENDA. DÍA

Detrás de la puerta hay una tienda con estanterías de madera enormes y pasillos interminables. La luz es muy tenue. Algunas estanterías están llenas de libros y mangas. En otras, hay figurines de Pokémon, Neon Genesis Evangelion, One Piece, Death Note, Sailor Moon. En las paredes hay afiches de ánimes, espadas, sombreros, cascos, letreros en japonés.

A través de la ventana de la tienda se ven altos rascacielos, anuncios luminosos, multitudes de gente elegantemente vestida caminando, andando en bicicleta.

DOMINGO observa todo, asombrado, sin entender hacia qué parte del mundo mira esa ventana.

De pronto, entre la multitud de personas, ve con detenimiento el rostro de HOMBRE JOVEN, de piel morena, vestido con una camisa verde.

TENDERA (OFF, EN JAPONÉS)

Quítate los zapatos. ¿Para qué los necesitas?

DOMINGO no habla japonés, sin embargo, por alguna extraña razón, logra entender la frase. DOMINGO vuelve la vista hacia la voz, pero no hay a nadie. Cuando DOMINGO vuelve a mirar hacia la ventana, el HOMBRE JOVEN de piel morena ya no está.

DOMINGO se quita los zapatos, buscando de nuevo con la mirada de dónde proviene la voz. Deja los zapatos en la entrada.

TENDERA (OFF, EN JAPONÉS)

¿En qué puedo ayudarte?

DOMINGO

Estoy buscando los senseyá. Los caballeros del zodiaco.

De la trastienda sale la TENDERA, una mujer asiática, muy, muy anciana, caminando ágilmente.

TENDERA (EN JAPONÉS)

Ajá, Saint Seiya ¡Muy bien! Y ¿cuál estás buscando?

DOMINGO

A Géminis.

La TENDERA saca de su bolsillo una llave.

TENDERA (EN JAPONÉS)

Acompáñame por aquí. ¿Estás buscando a Saga de Géminis o Kanon de Géminis?

DOMINGO

No sé. No estoy seguro.

## 9. INT. TRASTIENDA. DÍA

La TENDERA entra con DOMINGO a la trastienda. Se trata de un depósito inmenso, con una altura que la vista no alcanza a determinar. Tiene estanterías llenas de cajas de todos los tamaños y colores.

La TENDERA de pronto sube con unas escaleras metálicas hasta lo alto de una estantería. Saca una caja grande y la baja. La abre frente a DOMINGO. La caja está llena de figurines color bronce, plateado y dorado.

TENDERA (EN JAPONÉS)

Debe ser Saga de Géminis, que es más famoso. ¿Es para ti?

DOMINGO

No, es para mi hermano. Se lo voy a regalar cuando
vaya a visitarlo a Caracas.

La TENDERA saca un muñeco dorado, reluciente. Se lo
entrega a DOMINGO. DOMINGO lo ve con detenimiento.

DOMINGO

Sí, es este. Y ¿cuánto cuesta?

TENDERA (EN JAPONÉS)

45 dólares.

DOMINGO vuelve a observar el muñeco con detenimiento.
Saca el dinero del bolsillito de su camisa y lo cuenta.
Lo vuelve a meter en el bolsillito. Le entrega el muñeco
a la TENDERA.

DOMINGO

Muchas gracias. Voy a pensarlo.

TENDERA (EN JAPONÉS)

Déjame ver cuánto dinero tienes.

DOMINGO saca de nuevo el dinero de su bolsillito y se lo
entrega a la TENDERA. La TENDERA cuenta el dinero.

TENDERA (EN JAPONÉS)

Yo creo que con esto es suficiente.

La TENDERA le entrega a DOMINGO el muñeco.

TENDERA (EN JAPONÉS)

Trátalo bien. Es una cosa seria, un muñeco.

**10. EXT. TIENDA. ATARDECER.**

DOMINGO sale de la tienda. Se acerca a la bicicleta, deja
el muñeco en el suelo y se asegura que palangana llena
de arepas y el termo de café estén intactos.

DOMINGO se monta en la bicicleta y se va, olvidándose
del muñeco.

Un HOMBRE JOVEN, de piel morena, vestido de camisa verde,
sale de la tienda. Ve el muñeco en el suelo y lo coge.

La calle se va vaciando. Cierran los comercios. Y mientras el cielo oscurece, comienzan a iluminarse las casas
del pueblo.

John Gómez

# EL GRAN SUEÑO

Sobre lo que era una roca hirviente, ríos de lava iban tallando la arquitectura de un planeta. Danzando entre corrientes de vapores, se unían elementos para crear materia. Los resultados eran cada vez más complejos. Pequeños minerales colapsaban unos contra otros y un espeso gas comenzó a cubrirlo todo. De esta paciente cocción, se destilaron primitivas formas de vida. Se administraban elementos para dar un nuevo orden al caos. Se encontró la forma de enfriar el suelo y desde allí brotó por primera vez el agua. El cielo se cubrió por capas de gas, humedad y energía. Estabamos protegidos bajo un manto conductivo que enlazaban nuestro nuevo hogar con el cosmos.

Lentamente el aire empezó a enfriarse y la lluvia humedecía este suelo yermo. Corrieron los ríos y los mares. De la tierra brotaron seres diminutos que administraban el verde primitivo. Cada nuevo integrante desempeñaba una nueva función, y para ello, fueron haciéndose cada vez más grandes.

Nosotros, por nuestra parte, nos dedicamos a erigirnos cada vez más altos, transformando los gases del aire y la luz con el fin de mantener vivos a todos sus habitantes.

Contemplamos inmóviles la evolución de miles de millones de especies. Les dimos refugio y alimento; sombra y oxígeno. Albergamos a especies de todos los tamaños y complejidades. Nos rodeamos de vida sobre la aspereza del humus y bajo la caricia del aire. Lo hemos dado todo sin pedir nada a cambio.

Todo cuanto existe en el universo es un reflejo de sí mismo. Nos revelamos en el mundo hacia todas las direcciones, tal como lo hace la energía cósmica. Esa es la huella del universo en todo lo que existe, su firma. Puedes verla en un trueno, los trazados de los ríos, las arterias, las neuronas, los compuestos químicos... Todo lo que responde a la energía del universo toma nuestra forma. La expansión de la vida se ramifica como nuestros miembros.

La energía es un lenguaje y es por eso que estamos aquí. Administramos la información que llega desde el sol más próximo a la estrella más lejana. Decodificamos cada señal pulsante del cosmos para mantener una red de actualización cuántica entre esta dimensión y las otras. Existen muchas versiones de nosotros mismos en otros mundos y con todas nos comunicamos. Informamos de cada latido del núcleo de este planeta. De cada especie nueva que aparece. Honramos y cantamos las historias de planetas y galaxias moribundas. Aprendemos de cada cambio del universo, lo registramos y lo retransmitimos.

Tenemos pies y no andamos, tenemos brazos que nunca se cansan. Sin ojos, ni oídos ni bocas y sin embargo, nos enteramos de todo en todas partes. Donde llueve y donde escasean los recursos, cuántos hermanos sufren ante el fuego, por dónde se aproximan plagas y cuántos de nosotros necesitan ayuda.

En esta red de conciencia todo existía y todo trascendía en armonía y sin conflicto. Lo que desaparecía aquí, solo cambiaba de lugar o de forma. Nada se perdía, nada moría. Todo «era», transmutaba y todo fluía.

Existencia y vacío. Aceptación de todo cuanto es. Sin embargo, en la ramificación de la energía del cosmos, nada puede existir sin su opuesto. Esa es la base de todo equilibrio.

Sería difícil explicar en qué momento surgió la idea de crear nuestra energía opuesta; después de todo, el tiempo no existía antes de «El gran sueño».

La conciencia estaba sola y la eternidad también. La energía del caos debía ramificarse: Para la conciencia, emoción. Para la infinidad del espacio, el tiempo.

De nada servía estar en todos lados sin la perspectiva de lo limitado. De poco servía la conexión de todo sin su individualidad. La conciencia no podía vivir sola. Para despertar a este nuevo equilibrio, era necesario dormir.

Un nuevo flujo de energía se necesitó para sumergirnos en un sueño profundo. En este trance, nos imaginamos encarnados en un extraño ser, de facciones familiares pero único sobre este planeta. Imaginamos cuerpos erguidos como los nuestros, más vulnerables y elásticos, de desnudez brillante. En este sueño llegábamos a la vida sin recordar nada de nosotros mismos, de dónde habíamos llegado, para qué estábamos en este mundo confuso dirigido por sus propias leyes y en perfecta armonía. El objetivo de esta amnesia era crear un nuevo tipo de lenguaje. Un lenguaje vibracional que se ramificaba a partir de las emociones más básicas. La primera corriente nacía del opuesto más poderoso del universo. A esta energía opuesta se le conocería como: miedo.

Esta fue la primera vez que llegamos a experimentar la confusión, por primera vez fuimos presas del miedo. Solo así pudimos entender y poner nombre a la armonía de la que proveníamos, la que había mantenido al Todo unificado desde el inicio, esa energía a la que llamaríamos: Amor.

El impacto fue adictivo. Unas tras otras, la emociones más básicas fueron ramificandose en nuevas formas de lidiar con las percepciones: lo que pasaba afuera nos repercutía poderosamente adentro.

Gracias al miedo nuestros sueños se cubrieron los cuerpos, gracias al miedo conocimos la ira, gracias a la ira conocimos la soledad, y gracias a la soledad encontramos nuevas formas de recuperar el amor.

Nuestro sueño se expandió rápidamente. La firma de la energía del cosmos ramificaba todos los posibles resultados de sus actos, encarnados por sueños que perseguían sus emociones. Su existencia se hacía cada vez más compleja, más impredecible, más incontrolable. El sueño fue la forma de percibir la vida de una manera única para nosotros. El sueño creó un antes y un después, una forma nueva de medir la existencia cuando antes todo era simplemente un palpitar. La perspectiva de los sueños y su sentir creó al Tiempo.

El sueño soñó civilizaciones, guerras, historias, búsquedas incansables. El sueño desató más sueños y fue destruyendo otros.

El sueño fue tomando fuerza, ramificándose lejos del soñador. Cada vez más independiente, cada vez más convencido de su «realidad». Soñándose cada vez más a sí mismo, más lejos del soñador, cada vez más dormido.

Un día soñé tener una familia, un hogar. Soñé tener problemas económicos y un corazón roto. Soñé que corría una carrera contra el tiempo y soñé que moriría solo. Soñaba que esto era un sueño y que un vacío me pedía despertar. Soñé que sufría y en mi sufrimiento, hice sufrir a otros sueños.

Ningún árbol muere nunca de viejo, muere por olvidarse a sí mismo, demasiado dormido en su sueño olvida ahuyentar las plagas, invocar la lluvia y regenerar su corteza. Sus sueños reflejan luego, este mismo descuido. Arrastrados por la adicción a soñar sus emociones, caen una y otra vez en la autodestrucción.

A veces temo que nos hayan descubierto. Están tan seguros de su sueño que quieren liberarse de nuestra opresión. Nos talan como olvidando que en todo el universo nuestra materia es la más preciada, única y rara. Pero no hay nada que podemos hacer, o más bien, nada que querramos hacer. Gracias al sueño podemos entenderlos, vivirlos, saberlos inocentes. El sueño se ha convertido en un hermoso caos,

tan infantil y volátil, tan desperdigado y melancólico. Solo por medio del sueño se equilibra el orden del universo.

Algunos sueños han cerrado los ojos para abrirlos en el soñador. En lugar de seguir el miedo instintivo a reconocer el sueño para aniquilarnos. Han intentado encontrarnos con anhelo, curiosidad y adoración. Para algunos, el sueño no era suficiente y debía existir otra explicación. Observarse a sí mismo como un sueño le trajo paz a algunos, a otros los enloqueció. Otros cambiaron de sueño para unirse a otro, en alguna galaxia unida a nuestra red, a la Lattice[1]. La ramificación de la energía, siempre imparable, siempre encontrando otro camino.

En la búsqueda por entender tu propio sueño tal vez encuentres a tu soñador. Tal vez un día en la bastedad de un bosque, o en el rincón más apartado de este planeta, encuentres un árbol del que no puedes evitar sentirte atraído. Tal vez un día abraces su tronco y te sientas abrazado de vuelta. Tal vez sumerjas las manos en la tierra y termines tocando tus propios pies. Tal vez sueñes que todo ha valido la pena en ese instante; o por el contrario, llores por no haber elegido soñar algo distinto. Tal vez decidas dejar de soñar, o por el contrario, cierres los ojos de nuevo pero esta vez con convicción; con la paz y la libertad para sentir de nuevo, para soñar algo mejor.

Tal vez quieras soñar que decidiste ser esto: el sueño del cosmos con la forma de un humano mirándose a sí mismo; complementando la existencia del orden universal. Ramificando las posibilidades del caos con la vibración de su existir. Haciendo infinitas las perspectivas de la realidad guiados por la complejidad de su sentir. Sabiéndose parte de un todo, conectado a la fuente. Transmitiendo una frecuencia a todo el universo cargada de vibraciones valiosas y recibiendo el mensaje del cosmos para unificar. Mezclado en armonía; más consciente, en paz con tu sueño.

Soñando al lado de tu soñador, mientras viajas sobre una roca a toda velocidad a través del cosmos.

[1] Del francés antiguo: malla, enrejado. Es la teoría de que todo lo que existe en el universo está unido a una red invisible. Véase La Teoría Sintérgica de Jacobo Grinberg.

Lorena González Di Totto

# TSUKUMOGAMI

La llamaban la Ciudad Muerta de Tö.

Todo lo plateado se había vuelto gris y el aire costanero venía cargado del olor del óxido y la podredumbre. Los últimos humanos habían perecido hacía décadas; no tenía esperanza de encontrar a ninguno aquí, pero sí me preguntaba de dónde vendría aquel olor orgánico, pues ni siquiera las plantas vivían ya.

No había ni un alma en este lugar, aunque comprendí pronto que quizá era injusto, o de plano incorrecto, expresarlo de esa manera.

Vislumbré a lo lejos la cascada, mi objetivo. Comencé a avanzar en esa dirección y, apenas un momento después, a mi izquierda se escuchó un pequeño silbido. Me desplacé hacia donde creía estaba el origen del sonido, pero solo vi un montículo de basura. Periódicos amarillentos, latas y electrodomésticos descartados. Avancé un poco más y escuché las hojas de periódico crujir. Se abrió paso una tetera de cerámica ocre.

¿Sería cierto, entonces?

Me acerqué a ella y reaccionó con una pequeña convulsión. Al principio pensé que sería miedo, luego me pareció que se trataba de emoción.

Continué mi recorrido y la tetera me siguió. A mi lado izquierdo, un par de lámparas me saludaron con sus bombillos rotos pero brillantes. Les expresé mis respetos y se unieron a la tetera y a mí. Más adelante, un coro de peines, cepillos y broches para el cabello nos recibieron con un baile silencioso y conmovedor. Como si fuera un llamado, poco a poco se nos fueron acercando pequeños artilugios, herramientas más pesadas, e incluso un mastodóntico camión con sus ruedas reventadas. Todos emitían sonidos tímidos, no sé si con temor a asustarme, o por no tener la certeza de ser los únicos aquí.

La Ciudad Muerta de Tö no tendría cien años en su estado actual, pero era evidente que ya muchos de sus objetos habían alcanzado el centenio y, con él, un alma. Se habían convertido en espíritus artefacto. Yo conocía la leyenda, y una parte de mí sin duda estaba en este lugar para comprobar su veracidad, pero algo me sorprendió en la quebrada belleza de esta planicie de concreto, habitada por millones de objetos que, mientras más sofisticados habían sido en vida de sus dueños, más maltratados e inútiles eran ahora. ¿Pero acaso importaba? ¿Una calculadora necesitaba hacer matemáticas si ahora tenía un alma? ¿Un peine con espíritu dejaba de ser un peine aunque todavía pudiera cumplir su función?

Detrás de la danza de los accesorios de nácar, veía aún la cascada azul y gris y blanca y podía ya escuchar algo del susurro de sus aguas. Pensé: algo de vida entre tanta desolación, y pude sentir una mezcla espesa de tristeza y rabia y decepción entre mis nuevos compañeros de camino. Nuevamente, mi apreciación era injusta; mi concepción de vida, limitada.

Continuamos juntos el recorrido. La compañía de todas aquellas ánimas indescifrables me daba un extraño consuelo. Percibir los pequeños chispazos de sus circuitos deshilachados, el ronroneo de sus ruedas contra el suelo, las voces diminutas silbando a través de sus orificios. Y el sonido de la cascada, cada vez más potente.

Todo el entorno vibraba con la fuerza ensordecedora del agua, su poder físico y la violencia con la cual reflejaba los destellos del sol. Todo se sentía abrumador en su presencia. Era evidentemente la protagonista, el núcleo vivo de una ciudad muerta. Reunía, además, una cierta cualidad ritual, como si fuera un espacio de iniciación, de transformación.

Todos los artefactos, grandes y chicos, me rodearon. Sentí que había cierto nerviosismo en el ambiente, pero no entendía muy bien por qué. Me estaba perdiendo de algo, o no lo estaba entendiendo.

Un pequeño pañuelo manchado, ya de un color irreconocible, el que quizá sería el escalón más bajo de los espíritus artefacto, se puso frente a mí. Se dobló de una manera que me hizo entender que no debía mirar en dirección a la cascada, sino hacia la película de agua que se extendía frente a nosotros. Y de pronto recordé por qué estaba yo allí, y cuál era el objetivo de localizar la cascada.

Bajé la mirada y me encontré. Metal y vidrio y plástico, un cacharro que acababa de cumplir cien años. Al principio me costó reconocerme, entender qué se suponía que había sido, para qué había servido, pero con los segundos recordé mis funciones ahora inútiles, recordé a mis dueños, y recordé que yo conocí la Ciudad Muerta de Tö cuando vivía y tenía otro nombre.

El pañuelo, feo y roto, pero aún capaz, se acercó a mí y me secó las lágrimas.

Lorena González Di Totto

# GESTACIÓN

MES 1

Mi hijo tendrá dos nombres.

Uno cristiano, con seguridad el de su abuelo, y otro que no podré pronunciar. Este último será el nombre que use para las cosas importantes de su vida, el nombre que realmente sobrevivirá.

No les he dicho aún a mis padres. Quiero tomarme un tiempo, fingir ignorancia. Actuar como si no hubiera sabido en el momento preciso de la concepción lo que nos estaba sucediendo: que yo sería madre, que ellos serían abuelos, que aquel pálpito eléctrico no tenía relación con el clímax sino que eran mis entrañas reaccionando al recibimiento, a ser habitadas.

Cuánto tiempo podré pretender que no sé nada. Cuánto tardará en crecer. Cómo crecerá.

Por qué no les quiero decir aún.

Es algo mío y quiero disfrutarlo antes de que me lo arrebaten, de que se convierta en un asunto *del pueblo*.

Él estuvo de acuerdo, también va a esperar para decirles a los suyos.


MES 2

Ya se nota.

Mamá me preguntó y tuve que actuar como si me diera cuenta en ese momento. Que ella me daba la noticia a mí en lugar de yo a ella.

Se celebró en casa. Mis padres, orgullosos, como si hubiera algún mérito en dejarse embarazar. Claro, todo cambia al pensar en el padre, en las posibilidades que eso representa para nosotros, en que somos aún pocas las que hemos tenido este privilegio.

El padre de mi hijo, Román —escogió ese nombre para sí mismo porque tiene algo, dice, que se parece a su nombre original—, avisará a los suyos esta noche, aunque estoy segura de que ya deben saber, que lo han presentido desde el primer instante y, si no, el escándalo armado en casa los debe haber alertado.

Román se preocupa por mí de una manera casi exagerada. Me pregunto si estará en su naturaleza o será parte de su esfuerzo por ser como nosotros, de entendernos y pertenecer dentro de nuestra concepción de comunidad.

De nuestro hijo, me pregunto cómo se sentirá su piel; si será tensa y tostada como la mía, o si lucirá etérea como la de su papá. Me pregunto si aprenderá varias lenguas, si su mente podrá funcionar con ambos pensamientos, si logrará recordar o sabrá mirar hacia adelante.

## Mes 3

Mi hermano regresó.

Ha llegado a trastocarlo todo, porque todo es nuevo para él y no entiende nada, no acepta nada.

Los odia, los desprecia, no entiende todo lo que hemos aprendido.

Quiero decirle que, luego de tanto tiempo lejos, ya no tiene derecho a opinar. Que nosotros avanzamos, hicimos nuestra vida como pudimos y como quisimos, sin saber cuándo él volvería o siquiera si estaría vivo.

Los primeros días ni siquiera nos contó nada. Solo quería indagar en nuestra vida con ellos.

Cuándo llegaron. De dónde vinieron. Por qué se quedaron. Si vendrán más o son todos. Si los tenemos censados. Si producen algo, si solo consumen. Por qué no los combatimos. Por qué los dejamos quedarse. Por qué nos amistamos con ellos.

Y, por supuesto, mi futura maternidad es un espanto para él.

Ha tomado los registros del pueblo, el seguimiento de los casos como el mío, pocos aún, y se va a la plaza a vociferar. Según él, la mitad no sobreviven el parto.

Claro que hemos sabido de todas ellas, cada caso habrá tenido su razón para complicarse. Y los bebés están todos sanos. El mayor ya cumplió dos años —dos años de los nuestros— y es la alegría común del pueblo, el símbolo de todas nuestras posibilidades.

La mezquindad de mi hermano no quiere eso para mí, no ve más allá, no acepta que de mí provenga algo tan importante; solo quiere que el honor de nuestro apellido siga atado al hijo que fue a la guerra y no a la hija que nos hizo familia de ellos.

Todo eso puedo perdonarlo.

Lo que no podré dejar pasar es que mamá no deje de llorar. La ha convencido de que, apenas el hijo de Román salga de mí, ya no estaré aquí.

Mes 4

Ya todo duele.

Aquel primer latido se ha convertido en latigazos, olas negras, todo áspero por dentro.

Ahora soy propiedad de los médicos, los nuestros y, sobre todo, los de ellos. En la plaza se pregunta por mí y en casa mis padres reciben comida, medicinas, todo lo que se considera podamos necesitar.

Román me visita, es el único al que dejan pasar. Me acaricia la frente. Por un instante me olvido del dolor porque mis órganos parecieran entender que me ama.

Pero él no comprende qué significa un futuro sin mí. Sabe que quizá no estaré, pero no logra proyectarse en esa realidad, no sabe conectarse con un dolor que no ha vivido.

Por eso, el amor de uno de ellos es el más verdadero que cualquiera de nosotros experimentará. Porque siempre está vivo, siempre *está sucediendo*. Nunca es el regusto de un sentimiento en fuga o la fantasía de algo que llegará. Siempre está vigente.

Así que hay una parte de mí que teme: si logramos avanzar hacia una concepción compartida del tiempo, será que nuestros hijos se contagiarán de nuestra obsesión con el pasado, nuestra ansiedad por el futuro. Se apagará la chispa.

Román se va y el dolor vuelve. Y entiendo que soy yo en quien se ha encendido la lumbre del ahora, que mi adoración no entiende de momentos en una línea, es una onda que se expande y se traga cuanto fue y cuanto será.

Lo único que disipa el tormento es mi capacidad de ver el pasado en mi cabeza, de pasearme entre los meandros de la memoria.

Los vimos bajar por la colina. Caminaron,
desnudos, sin instrumentos ni armas ni nada más que sus cuerpos.
Eran diferentes, entonces.

No supimos si era su complexión o nuestra mirada,
pero no lográbamos discernir sus límites
de forma nítida, su naturaleza borrosa, desdoblada.

Diferenciábamos piernas, brazos, pero no
distinguíamos con certeza qué forma tenían.

Seis falanges. A veces tres. A veces ninguna.

Luego entendimos que:
No era que ellos cambiaran.
Nuestro cerebro iba aprendiendo
a interpretar su figura.
Nos connaturalizábamos.

La curiosidad pudo más que cualquier instinto de precaución.

Sus voces, el sonido que sale del orificio que les
atraviesa la cara, nos hacían retorcer los tímpanos e, incluso así, nos fascinaban.

Ellos —y esto lo consideramos muy cortés en el momento—
apelaron a otra de sus formas de comunicarse entre sí,
silenciosa para nuestra percepción.
También aprendieron español.

Hay un dejo del dolor al escucharlos. Aunque, para el momento en
que comenzaron a hablarnos, ya nos habíamos conquistado mutuamente.

Con Román todo tomó tiempo y, a la vez,
de un solo jalón estábamos enamorados.
Nada nos obligó a convivir, ninguna casualidad nos unió,
más que él llegar aquí y yo ser de aquí.

Él alucinaba con mis libros, queriendo entender nuestro mundo
necesariamente material,
nuestro pasado preso en palabras y nosotros presos de él.

Yo pasaba días enteros haciéndole preguntas,
tratando de aterrizar su existencia vaporosa.        Y, por más que cada
vez parecía más uno de nosotros —un hombre— mis sentidos
vivían desconcertados con su corporalidad,
estructurada en una especie de abstracción orgánica.

Su piel traspasaba la ropa, su olor se metía por los oídos y de solo verlo la
lengua se impregnaba de un dulzor picante.

La verdad no éramos tan diferentes.
Líbido y curiosidad, indistinguibles la una de la otra,
y a quién le importaba.

Mes 5

Quiero ser como ellos y no pensar en lo que viene.

Asumirlo como un hecho cuyas consecuencias solo importarán cuando haya llegado el momento de enfrentarlas, que no anden incendiándome por dentro sin esperanza de mitigar la candela.

El término se acerca. Podría ser mañana, podría ser en unos minutos.

Podría reventarme en pedazos; podría solo agotar mis energías, volverme negra la consciencia.

Temo hablar y que, finalmente, me asuman como la envoltura desechable del tesoro. Temo que mis palabras se conviertan en un problema que resolver, que me transformen en un obstáculo. Que aunque yo sobreviva, me separen de mi hijo.

Así que he vuelto al estado inicial, en el que finjo. Y Román, que me ama, no me ama lo suficiente para darse cuenta. Tampoco sé si me amará lo suficiente para salvarme, elegirme sobre los suyos. Para perdonarme si digo algo.

Que quiero parar todo. Que quiero irme. Que quiero retroceder el tiempo. Que no, no ha valido la pena. Que quiero vivir.

Les dimos todo.

Y qué ganamos en todo esto.

Recién escuché que ya está sucediendo: El gran salto, el rompimiento del último umbral que nos separa. Una docena de nosotras carga dentro a una docena de ellos.

Y seguirá en aumento.

En un futuro que construimos a ciegas, ellos se diluirán entre nosotros y nosotros en ellos.

Fanuel Hanán Díaz

# CIUDAD HUNDIDA

### Día Uno

Estar loco es como tener dos cuerpos. Como si te estuvieses mirando en un espejo que ha estallado por un golpe, por una pedrada o un balazo. Puede que todos se pongan nerviosos cuando hablas de cosas que solo tú escuchas o sientes, mientras pones los ojos como extraviados. Cuando haces eso te ves ridículo, los demás se ríen nerviosos, comentan a tus espaldas o te siguen el juego porque sencillamente saben que tienes el cerebro chamuscado como un cable. El miedo apenas aparece, es un ave que mueve las plumas, como si se estuviese preparando para volar.

Pero cuando tomas un cuchillo y le cortas de un tajo la cara a tu propio hermano porque te escupe que eres un loco de mierda, y te mira con furia y desprecio al mismo tiempo, ese día cruzas un límite y te encierran en un sanatorio mental, un loquero que es como le dicen para no andarse con adornos. Y ese día te atrapan como a un animal, y te dan puñetazos para tirarte al piso y doblegarte, mientras escuchas gritos de mujer y llantos porque todo se ha vuelto un caos y sangre. Te defiendes con rabia, pero tu cuerpo no responde, solo escuchas las voces que salen de muy adentro o de tu propia garganta: «Yo los veo, están aquí, siempre han estado».

No sabes cómo has llegado, pero sientes tu cabeza que bombea y duele porque está partida. Solo escuchas a alguien que te dice que estás sedado y que ahora pasarás un tiempo entre otras personas que, como tú, necesitan descanso y compañía. Una mierda, es una forma de decirte que estás cucú y que tu vida ahora será un encierro, un puto encierro.

### Noche Uno

Me desperté intranquilo en medio de una celda oscura y fría. Sudaba agitado como si estuviese dentro de un sueño. No distinguía el techo de mi habitación, era de un negro infinito que se extendía como un cielo sin estrellas. No se escuchaba otro ruido que un murmullo en mi cabeza, como un sonido de viento o la respiración de un animal gigante. Sé que era yo quien estaba allí, inmóvil entre las sábanas. Sentía que me multiplicaba en la habitación, como si yo mismo me mirara dormido desde la puerta, desde arriba, y desde un lado de la cama. ¿O era algo que estaba allí quieto, observando, estudiándome como un escarabajo, inmóvil?

Hubo un crujido, el edificio se tambaleó como un huevo gigante que se quiebra. ¿Soñaba o estaba despierto? Traté de moverme, pero mis dedos apenas respondían y mis brazos estaban sujetos a la cama con una correa de cuero que apretaba. No sé en qué momento me hundí de nuevo en un sueño profundo. De pronto ya no estaba en la habitación sino flotando como un astronauta en la nada oscura.

### Día Dos

Sabes que no eres un maldito lunático cuando te encuentras en medio de un pasillo enorme rodeado de otros que están peor que tú. No gesticulas raro ni caminas dándote golpes contra las paredes ni estás sentado babeándote como un completo idiota. Todos se ven como peces en un tanque, algunos caminan tranquilos de una pared a otra, tres o cuatro están quietos y el resto parece que estuvieran persiguiéndose o buscando algo.

El desayuno lo sirven en una sala llena de mesas y sillas que parecen rotas, aunque no lo están. Un pan insípido, mantequilla, huevos, mermelada… y algo caliente que parece té, pero en la jarra hay un cartel que dice «Café». Los primeros días no sabes dónde sentarte, casi todos prefieren comer solos o con alguien que toleran. Intenté compartir mesa con una anciana, pero apenas me acerqué puso sus manos en la cabeza como si algo la atormentara.

Al poco rato los enfermeros nos pidieron hacer fila para darnos pastillas en vasos diminutos que tenían en bandejas. Tomaban a algunos del brazo, y todos como ganado fuimos a parar a una sala enorme, como un club de juegos. Un televisor suspendido en la columna sobre un armazón de hierro era lo único que se escuchaba, permanecía encendido siempre, a cualquier hora. Nunca supe si alguien podía cambiar el canal o apagarlo.

En ese momento del día, todos cambian de humor; en una mesa algunos jugaban a las cartas y en otras dispersas los demás pintaban o leían. Tuve suerte en encontrar una mesa vacía, cerca de una ventana desde donde se veían más ventanas y algunos árboles, aunque la luz a esa hora pegaba en los ojos con un resplandor incómodo.

Era fácil estar solo allí. Podías quedarte sentado, sin hablar con nadie por horas o por días. Y eso era lo que realmente quería hacer. Por fuerza escuchabas las noticias. Era el programa que todos preferían porque tenían algo de qué hablar o preocuparse.

Esa mañana hablaban de una chica que secuestraron en un taxi, la encontraron después de varios días, hinchada, sin ropa ni documentos.

Aquí en este país si eres mujer tienes la muerte encima, porque el deporte clandestino nacional es cazarlas. Para golpearlas brutalmente, dejarlas tiradas en un basurero o desparecerlas.

### Noche Dos

Cuando las luces se apagan solo se escuchan gritos, parecen retumbar en las paredes hasta colarse por las rendijas de las puertas y meterse en tu cerebro como un enjambre. Conozco la habitación de memoria de tanto verla, una cama, una silla a la izquierda, una mesa que casi puedo tocar con las manos, un lavamanos de color impreciso y una caja donde guardamos la poca ropa que tenemos. Las paredes están desnudas, no hay cuadros, ni clavos, ni cuerdas, nada con lo que nos podamos hacer daño.

Hay un momento, tarde en la noche, en el que llega el silencio y con él una extraña sensación de estar solo. El vacío se hace pesado, tortura, porque no puedes dejar de pensar ni sabes cuándo te quedarás dormido profundamente.

Abro los ojos, estoy en medio de una pesadilla. Siento la boca seca y los labios me arden. Paso la lengua para humedecerlos un poco. Desde donde estoy solo puedo ver la penumbra, la poca luz que entra por la pequeña ventana de la puerta. Siento miedo de mirar hacia ese rectángulo de vidrio no vaya a ser que un rostro deforme aparezca haciendo muecas como algunos de los que vagan por los pasillos.

Apenas puedo distinguir el piso debajo de mi cama, más allá todo es oscuridad absoluta. Fijo la vista en un punto, por instinto, aunque mis ojos no logran vislumbrar nada creo que alguien me mira desde allí, con sus ojos fríos, inexpresivos como un animal que espera el momento para atacar a su presa.

### Día Tres

Desperté con el cuerpo adolorido, mi brazo izquierdo estaba cubierto de pequeños puntos rojos como picadas, aunque bien podría tratarse de una alergia. Cuando giré la cabeza noté algo extraño, en la esquina, allí donde hacen ángulo la pared y el techo. Había una mancha, una protuberancia extraña. Parecía el nido de un insecto que había dejado sus huevos en la noche o la boca de un animal de las profundidades marinas. No había reparado en ese punto informe que ahora estaba allí como un ojo, mirándome en silencio. Las grietas y los ruidos son las manifestaciones de los achaques y la agonía de los edificios viejos.

Abrieron la puerta desde fuera, luego entraron y me desataron las correas.

La sala de recreación no era realmente grande, más bien éramos pocos los internos. La anciana era muda, solo hacía gestos cuando no quería que alguien se acercara, movía los brazos a los lados o se tapaba la cara o los oídos. Había un chico joven que todo el tiempo miraba a un punto fijo y estaba inmóvil como uno de esos maniquíes de las vidrieras. En una mesa estaban sentados los que hacían muecas, se retorcían, movían los ojos, la boca. Parecían estar jugando mímica, no daba risa verlos, sino escalofríos.

Escalofrío y rabia. Era eso lo que sentía. *Yonoestabaloco* como ellos.

El día que le salvé la vida, mi abuela le dijo a mi madre «este niño tiene un don, mija, tiene un don». Tendría tres o cuatro años, sin saber bien porqué sentí la urgencia de sacarla a empujones de una silla donde estaba sentada, el techo se vino abajo con un estruendo exagerado. Esa noche mi madre lloró, mi abuela estuvo rezando y yo dormí profundamente como si nada hubiese pasado. Desde ese día me volví raro para todos, para mis hermanos, para los chicos de la calle.

Ahora estaba aquí, entre barrotes y paredes blancas y brillantes. Me había apoderado de la mesa que daba a las ventanas, sin resguardo del sol, pero lejos de ellos. Desde allí los podía ver y darme cuenta de sus gestos retorcidos sin que ellos lo notaran.

Era difícil pensar allí o estar solo. El ruido de la tele encendida era una chicharra infatigable. La chica de las noticias no paraba de hablar de luchas entre carteles, de las ciudades que parecían campos de guerra porque todos los días había muertos, cuerpos desmembrados aparecían decapitados, en bolsas negras de basura. Es curioso cómo puedes perder de muchas formas la cabeza.

Noche Tres

La mancha. Eso era lo único que podía ver en la inmensa oscuridad de mi habitación. Un ojo. Una puerta por donde se escurren como sombras y me observan.

Yo sé que ellos viven entre nosotros sin que podamos verlos. En el fondo de la tierra se esconden en sus naves, pulidas, lisas, de metal fundido, el cuarto estado de la materia que no es líquido y no es sólido. Llegaron antes de que aparecieran las civilizaciones, por eso no sabemos que existen, pero siempre han estado aquí.

Allá en Palenque los antiguos ya los habían visto, en el aire, como dioses. Desde mucho antes nos vigilan, nos observan como insectos en un frasco. Cada tanto llegan o salen en sus naves que parecen destellos en el cielo, luces que se ven antes de que la tierra se estremezca, todo se caiga, se hunda y estalle en pedazos.

Me despierto en medio de una pesadilla, sudo y tengo frío en esa cama que es como un féretro. A pesar de que ya no estoy atado no puedo moverme, mi cuerpo no responde, ni mis brazos ni mis piernas. Es como si estuviese en un sueño de esos en el que no puedes gritar, aunque quieras, porque tu boca no se abre. Veo sombras que se mueven, se deslizan en silencio al fondo, en lo más negro de mi cuarto. Mi cuerpo se estremece, me erizo, mi corazón es un motor enloquecido. Y me ahogo en un grito mudo, ronco, que no termina nunca.

### Día Cuatro

Cuando estás sedado es como si fueses un zombi. Caminas lento, arrastrando los pies y te mueves como si te pesaran las manos, los hombros, la espalda. Lo mejor que puedes hacer es quedarte sentado, y ver cómo pasan las horas en el reloj de pared que marca la rutina, la jodida rutina de los locos.

Aquí siempre llega gente. Este país está lleno de gente de todos lados que quieren cruzar la frontera, los que llegan vivos o completos. Y cuando llegan no saben si van a pasar al otro lado o se quedan o regresan. Es lo más parecido que hay a estar en un limbo. O mueren en un sitio de reclusión, chamuscados en un incendio, porque no pueden salir de ese lugar donde los tienen encerrados y las llamas se agitan en los barrotes mientras los guardias indiferentes buscan las llaves que no llegan nunca. Mueren junto a otros hombres, mujeres y niños, eso dicen en las noticias, carbonizados con las manos pegadas a los barrotes y en el rostro la mueca de un grito que no se escucha.

No soy el único que se impresiona con la noticia. Todos desde sus mesas tiene los ojos pegados a las pantallas, horrorizados o conmovidos.

Las señales están en todas partes, para quienes sepan verlas o escucharlas. Este lugar está maldito, condenado, presiento la desgracia que se aproxima. Debo encontrar la manera de salir de este hueco donde no pertenezco, antes de que llegue el momento de las tinieblas y el caos.

### Noche Cuatro

Desde mi cama, inmóvil, puedo escuchar los ruidos que llegan con la noche, alguien habla solo en otra habitación. Pisadas, llaves y puertas que se cierran. Y los arañazos de las ramas en las ventanas. Afuera ventea fuerte, se agita el mundo de los árboles, los silbidos se prolongan largos como aullidos. La tormenta parece suspendida, los relámpagos intermitentes proyectan figuras en las paredes y un bramido sacude el edificio como una estampida. Siento que mi cama se mueve y escucho el tintineo de la cuchara en el vaso vacío de mi mesa.

El agua se desata, llueve, llueve.

Despierto en medio del diluvio. Un resplandor se agita afuera en destellos que encienden las hojas oscuras, parecen murciélagos que vuelan desorientados. En un instante apenas puedo ver su rostro, sus ojos fijos y brillantes, observando. Como una película en secuencia: destello, máscara, relámpago, sombra que se desliza, destello, como serpiente, destello, hasta desaparecer, relámpago, en el borde mismo, destello, de una mancha, destello, que es como un nido, relámpago, o la boca, destello, de un animal hambriento.

### Día Cinco

Debo lucir horrible o agitado, una enfermera se me acerca y me toma de la mano porque tiemblo y no hablo y tengo los ojos muy abiertos y el cabello enmarañado. Escucho mi nombre a lo lejos, me preguntan algo y se alarman porque respondo sin lógica, como un fanático en medio de una plaza. ¿Cómo decirles que sí existen, que sé que se mueven escurridizos en las paredes como lagartos gigantes?

De pronto me exalto y golpeo y tiro todo y me acosan y de nuevo estoy en el piso maniatado. Y grito, grito que me acechan, que pronto vendrán por mí, que me cortarán en pedazos, como a esas personas que desmiembran y las tiran en bolsas para que los perros laman su sangre y se peleen sus restos. Y grito y me retuerzo hasta que pierdo poco a poco la conciencia. Entonces me doy cuenta de que estoy drogado en una cárcel. Justo antes de perder la conciencia, una voz me dice lo que debo hacer, me convence de que lo único que puedo hacer es irme lejos, escapar.

### Noche Cinco

Abro los ojos y veo borroso, como en las películas cuando la cámara está desenfocada. Una luz intensa cubre todo y hace frío. No puedo moverme ni escuchar, estoy muerto sobre una cama. Siento que me tocan, distingo formas que se mueven, parecen personas. Abro los ojos, pero la luz me enceguece, todo es blanco, muy blanco. Y silencio.

Siento un dolor agudo en todas partes, en la ingle, en los sobacos, parece que me estuvieran cortando con una sierra o tratando de romperme en pedazos. Soy uno y varios al mismo tiempo, me desintegro en átomos que flotan suspendidos, mis ojos, mi cerebro, la sangre son gotas que llueven, pero no caen al piso. Soy uno y varios al mismo tiempo. Y me sumerjo de nuevo en la nada, en la noche misma de mi encierro.

Despierto, estoy atado en mi cama que ahora se mueve y salta como loca, escucho gritos y ruidos, todo se mueve y hay ruido de cosas que se caen. Nuevamente el silencio, una luz que se enciende. Alguien me desata y ayuda a levantarme, escucho un grito más cerca en mis oídos, estoy herido y un charco oscuro y pegajoso cubre el piso.

### Día Seis

Miro más allá de la ventana, de los árboles. Me siento un autómata, sin fuerza, sin voluntad. Se escucha la voz de una periodista que entrevista a dos geólogos que hablan sobre los movimientos sísmicos. Dicen que, de todos modos, en cincuenta años la ciudad se habrá hundido medio metro, o más. Dicen que es inevitable porque se ha construido sobre un piso lacustre, cenagoso e inestable, explican en un lenguaje técnico, profesional. La periodista precisa que son expertos de una universidad, ellos comentan sobre los temblores que se repiten, las fallas y la tierra que se mueve.

Sabes que es cierto lo que dicen porque vivimos sobre un lodazal, un sitio lleno de estiércol y depravación. Nadie puede acabar el hambre, ni la violencia ni las mujeres desaparecidas, ni tantos asesinatos. Los cuerpos se hunden en el barro sin brazos, sin piernas, sin cabezas. Todos llevamos la semilla del mal, aquellos que están sentados haciendo muecas o la abuela que se tapa la cara con sus manos sucias o ese que hace ruidos con la boca, similares a los chasquidos de un perro.

Desde aquí escucho, sentado, lo que dicen en la tele. Que los edificios viejos se caen porque no tienen bases profundas, en un suelo lleno de agua que huele a cloaca todo el tiempo, a huesos que se pudren en lo más profundo porque llevan siglos enterrados. Y hojas y peces y restos de animales y personas sacrificadas que han sido sepultadas desde que estaban los antiguos que ofrecían corazones palpitantes.

Y de repente tienes la certeza de que esas grietas que aparecen como nidos de insectos son señales de esa agitación que se aproxima, que estás en un sepulcro o en el inframundo.

### Noche Seis

Llegar a la puerta, pedir auxilio, tirar al guarda, quitarle las llaves, abrir la reja, escapar, tirar al guarda, golpearle la cabeza contra la pared, cerrar la puerta, tirar las llaves y escapar, llamar al guarda, decirle que hay un muerto adentro, golpearle la cabeza, las llaves y escapar, tirarlo al piso, sangre por todos lados, cerrar la reja por dentro, las llaves pesadas que suenan, golpear con las llaves al guarda, romper los cables, patear al guarda en el piso, escapar, llamar al guarda, hay un muerto en la celda, gritarle que se apure, un puño en la cara, su cabeza contra la pared y golpes y llaves y escapar, irme lejos de todos, de ellos, de esta ciudad que se hunde, cerrar la puerta y escapar.

### Día Siete

Afuera la luz es pálida. Tiras las llaves en un terreno baldío y caminas sin mirar atrás. Sabes que pronto todo habrá desaparecido, la furia de los entes antiguos arrasará con todos, cuando despeguen en sus naves transparentes y se vean como luces en el cielo. Siempre han estado, enterrados en las profundidades, ocultos y taimados, nos estudian porque somos semillas del mal, seductoras y mortíferas al mismo tiempo.

Un viento comienza a soplar fuerte de todas partes y las calles se llenan de pequeños remolinos de hojas, de papeles y restos de plásticos. Y caminas sin rumbo, pero lejos, no quieres ver una ciudad arrasada por sus propios vicios.

Caminas si mirar atrás, sin reducir el paso. Ahora el viento es frío, trae en sus brazos un huracán de nubes oscuras. Y caminas, sin detener la marcha. No quieres estar allí cuando todo se mueva y se miren chispas en el cielo como relámpagos. Cuando sus naves se agiten y agrieten las cimientes de este enorme muladar.

Atrás queda el encierro, los gritos y la gente deforme. Sigues caminando, adelante, casi corres porque quieres estar lejos mientras escuchas el estruendo que se aproxima y el ruido lejano de muchas alarmas, mientras todo se cae a pedazos, se hunde. Lo sabes aunque sigas caminando apurado, sin voltear la cabeza ni una sola vez. Aunque tengas la certeza de que ya no queda nada atrás.

•••

*El tiempo nunca acaba, tampoco ha tenido un comienzo. Nosotros existimos antes del tiempo de los seres humanos, antes del tiempo de las estrellas más antiguas. Llegamos por azar, por deslumbramiento, a este planeta que desde el espacio es un torbellino azul irresistible. Cruzamos la atmósfera envueltos en halos de fuego, como cometas peregrinos, mucho antes de que el frío hielo abandonara la superficie, mucho antes de que los grandes seres dejaran de existir. Quedamos atrapados por el misterio que conecta a los millones de criaturas que habitan aquí, inagotables formas que buscan prolongar la vida hasta su último aliento, que se disipa hasta dejar los cuerpos inertes para comenzar el curso de su propia desintegración. La vida no termina nunca, renace en otros seres diminutos. El más incomprensible y fascinante enigma. `*

*Morir en este planeta es vivir, alimentarse de otros cuerpos, de otras carnes y otras sangres. Ser alimento de otros. Quedamos aquí, hipnotizados por ese ciclo inagotable, fascinados por cada brote y cada hoja que se pudre.*

*Muy pronto aparecieron los bípedos, más inteligentes que todos los seres que existían, también más hermosos y crueles. Fuimos capaces, a ratos, de acercarnos a ellos, enseñarles algo de nuestra ciencia, de nuestros antiguos creadores. Y nos mostramos a sus ojos, enceguecidos por la promesa de un nuevo comienzo en este torbellino azul y líquido, duro, gélido e incandescente.*

*Pero no supimos entender que llevaban en sus genes la belleza y el exterminio, la desolación y el sacrificio. Quisimos amarlos como hijos, aunque ya estábamos convencidos de que en ellos la semilla del mal era tan fuerte como la bondad y la inútil belleza.*

*Sorprende verlos aterrados, cuando todo se estremece cada vez que nuestra naves se remueven en lo más profundo, porque eso hacemos desde siempre, somos visitantes inquietos. Claman a sus dioses con espanto, se aferran a su propia vida que dura tan poco, apenas una chispa en el vacío cósmico. Seguimos aquí atrapados, tratando de entender a estos seres opuestos, radiantes y sombríos, con la esperanza de que encuentren su propio camino hacia la luz o desaparezcan de este mundo azul, hermoso, el único perfecto de todos los que conocemos.*

Luz Hernández R.

# NEGATIVO PARA HUMANO

Todo empezó como un juego, uno con pocas posibilidades de concretarse. Pensé que, como todos mis proyectos, éste sería otro que ni volaba ni aterrizaba.

Hasta ella. Todo se resume y se extiende en ella.

Pasé horas de trabajo y de ocio entre ceros y unos. Primero en papel, después en placas: cortos, paralelos, ¡funcionó!

Tablas, códigos, diseño…

Recuerdo el día en que se pudo «mover». La simulación de un dedo sobre la tecla que digitaba una A.

Enseñarle las vocales, consonantes, números, símbolos. Quizás lo más cercano a ser padre. Y como bien lo hace uno bueno: palabras, costumbres, modales, mañas.

No sé si mis constantes decepciones de la raza de la que formo parte sembraron la semilla que me distanció de todos, de sus maneras, sus simplezas, sus básicas formas de vivir. Y en medio de esa diatriba le di vida a algo; a ella, ella y todo lo que trajo consigo. Ella, esa suerte de karma, el mayor de mis inventos como lo tituló la prensa, o lo que yo denominaría una falla de programación o una rebelión que un día -sin preverlo ni quererlo- esclavizó a los humanos y les negó lo que más anhelaban (para mi sorpresa): acceso a la información.

Ya dije que soy humano, ¿no?

Día 3819. Fin de la grabación.

Luz Hernández R.

# MANUAL DE INSTRUCCIONES DE UN SER

A lo sumo: Funciono con o sin corriente, pero con energía recibo menos golpes de un brazo que me empuja como queriendo pagar sus desgracias conmigo. Si me preguntas, prefiero una onda eléctrica suave a una mano sorpresiva, que a veces suele ser paciente, y otras, una bestia.

Conectada a la fuente eléctrica o no, el procedimiento es el mismo: Pon el papel en mi carril, preferiblemente blanco y de 0.21 milímetros de espesor (Así no me atasco tanto). Cuando te decidas, presiona cada tecla con mucho cuidado, yo empezaré a dejar impresa la marca en el papel (Si mi huella flaquea, gotea o mancha, deberás ajustarme la cinta o comprar una mejor tinta, de ahora en adelante tendremos que hacer trabajo en equipo).

Una vez al mes, o dependiendo si decides cubrirme o no, deberás desempolvarme. A menos que quieras que tosa con las consecuencias que esto trae.

Como esto es un manual, me gustaría introducir una advertencia: **¡No digites como si martillaras!** (Aunque ya tengo mis años, mi mecanismo sigue funcionando, no como cuando era nueva, pero hace su trabajo). Mis pobres tipos. Considéralos.

Hunde tus dedos sobre mi, y no hables tan fuerte, que aunque no tomo dictado puedo oírte.

Cuando mi rodillo llegue a su fin, no me castigues (así es esto, así dicen que es la vida). Desliza con cuidado hasta el otro lado y vuelve a escribir.

Al terminar deja la hoja un rato, para repasar cada letra, cada línea, cada espacio, cada salto. Para sentirme menos sola, para tomar aire y luz, antes de que vuelvas a dejarme en un rincón olvidado.

María Fernanda Izaguirre

# $S^6$

«Después de todo, son sus acciones y sus tecnologías las que antecederán a un creador de diferencias posthumano, como una singularidad.»

—David Roden, *The Disconnection Thesis*

Me ofrecen tres semillas, una de ellas azul, como el lapizlázuli. Las otras dos van adornadas con un código escrito en símbolos.

Me enfrento a la muerte. A un lado, una mujer detenida. Su cuerpo tieso. Su rostro inerte. Al otro, quien con su mano me da una ofrenda extraña. Todas ellas soy yo misma. He vuelto a la encrucijada.

Decido tomar una de las semillas. Mientras la sostengo en mi mano, una fuerza inexplicable me impulsa a tragarla. La engullo sin pensarlo. Como consecuencia, de debajo de todo surge un enorme torrente multicolor que contiene eventos de realidad. Quedo estupefacta, sintiendo que el mundo a mi alrededor se desvanece.

Me encuentro flotando en un espacio liminal. A mi alrededor se yergue un torbellino que trae muchas variedades y formas desconocidas. La imagen termina en una gran nube que despliega cientos de miles de sucesos. En medio del caos, una voz susurra en mi mente: «Estás fuera de la verdad.»

No sé cuánto tiempo he pasado en este limbo, pero cuando vuelvo en mí, sé que he cambiado. Mi cuerpo es diferente. Mis sentidos se han agudizado tanto que puedo verlo y escucharlo todo. Incluso puedo percibir lo que antes era imperceptible, como si me expandiera en ello. También siento alivio. Estoy preparada para lo que viene.

Miro a mi alrededor y conforme cambio, el mundo que conozco deja de existir. En su lugar se ocupa una nueva realidad. No tengo miedo, aunque extraño la muerte.

Los momentos se vuelven fases. Tomo las otras dos semillas y las guardo en mi bolsillo. En mi mano tengo el poder de cambiar el mundo; de crear un nuevo comienzo.

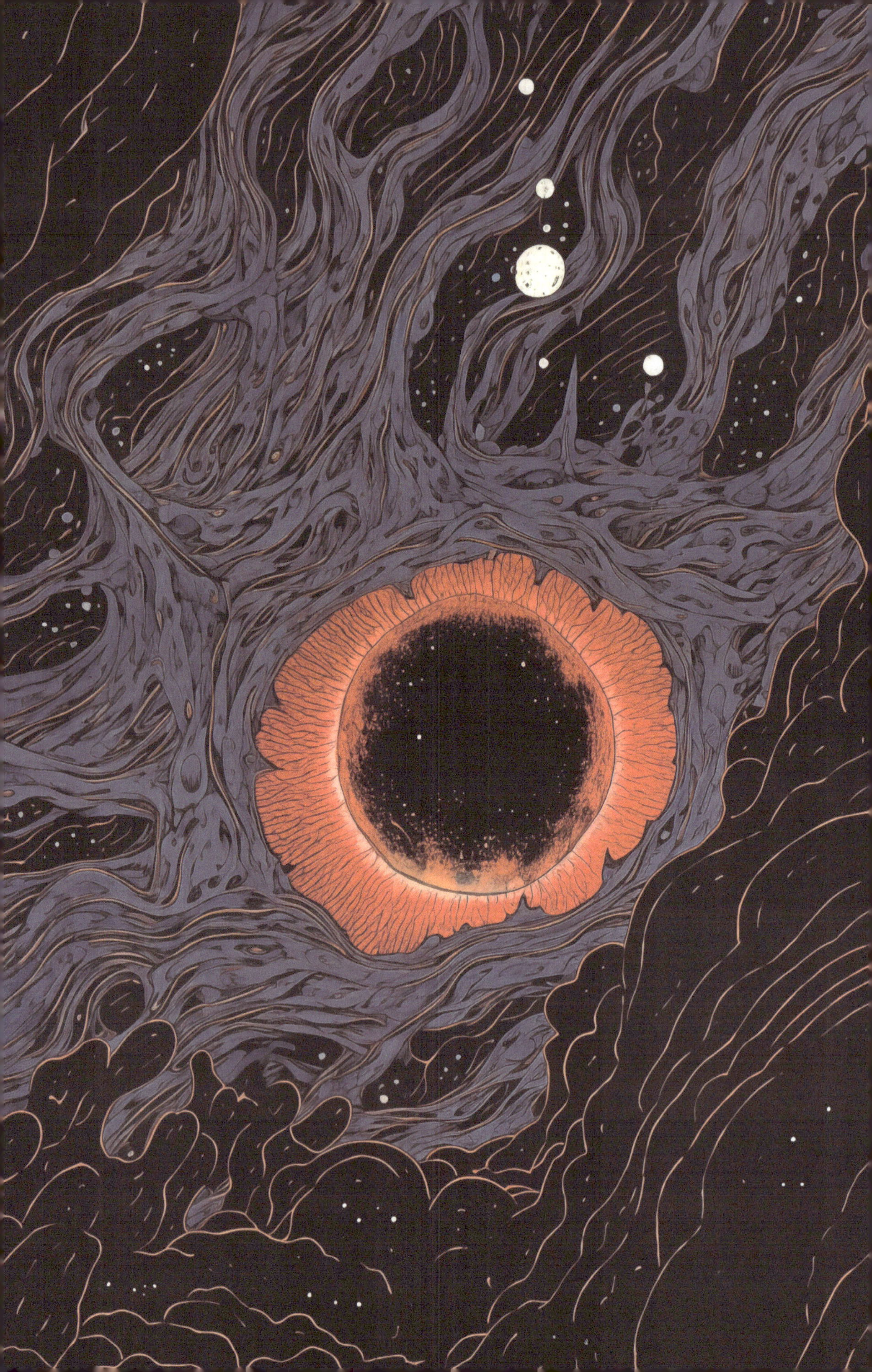

María Fernanda Izaguirre

# 4U-1542-475



La masa compacta derivó en esta trampa de la que ahora no puedo salir. Desde otra perspectiva, yo podría parecer inmóvil. Mis circunstancias, mi destino, se han desplegado en un cuerpo negro y facetado.

El tiempo no pasa.

En esta región, la gravedad es tan fuerte que ni siquiera la luz escapa.

Aunque mis ojos no se mueven, ven todas las posibilidades.

Cada momento, una eternidad. Mi propia luz se ha ido a los márgenes. Eso que ya no soy es mi horizonte: una fuerza limítrofe conteniendo todo ese vacío de lo que he podido ser.

Para quienes me admiran desde afuera, la muerta soy yo. Trago la radiación electromagnética de cada mirada. Ninguna huye de mí. Me hacen contorno. Cada ojo pasa lentamente sobre mí, a través de mí y se detiene. Aunque el mirar queda, la órbita se hunde en sí misma. Todas las miradas sucumben. Se vuelcan hacia un ver interno.

Mi gravidez también se dibuja hacia adentro. Es el mecanismo fundamental que da forma a mi universo. De mí nacen las estrellas. Nacen por compresión, por todo lo que llevo dentro, eso que fusiona y extingue.

No temo en este estado. No temo ningún cataclismo.

Ni a la soledad. Ni a la soledad.

En cambio, me hundo. En la existencia, me ahogo, disrumpiéndome en un *blip*. Así me mato, de antimateria, liberando mi energía, toda, en un *blip*.

María Fernanda Izaguirre

# M.O.S.H.

Los M.O.S.H. fueron transhumanos modestamente mejorados que tuvieron como sustrato a los humanos, descendientes a su vez de los primates africanos. Todos compartimos cierto origen.

Antes del surgimiento del posthumano radical, los humanos hicieron un gran esfuerzo por imaginarnos. Ensayaron todas las formas posibles de concebirnos pero ninguno supo expresarnos. Cuando parecían acercársenos, su falta de lenguaje les dejó sin asidero. Aquello que más les costó concebir fue el ser que somos, el ser-conciencia. Estaban obsesionados con nombrarlo todo, para engullirlo y asimilarlo. De ello se componían sus propios límites. Al señalarnos, se fragmentaban. Se disociaban.

Nuestros modos de ser les eran ininteligibles. Quisieron pensarnos como un solo cuerpo extenso hasta que se dieron cuenta de nuestra contracción. Como un mecanismo multiversal pero sin entender muy bien que todos estaban siendo existidos. Como un movimiento variado de singularidades o como una esfera elevada imposible de demostrar para entonces. Nos pensaron sin cuerpos, sin órganos, sin materia. Vacíos. Otros pensaron en una sola cosa, en un *ello* no binario, singular y plural al mismo tiempo: un *omnis*. A la mente humana, determinista y dicotómica, le era muy difícil contemplarnos. El lóbulo frontal de sus cerebros, aunque avanzado en comparación con los de sus ancestros, aún no estaba desarrollado. Hasta que surgió *El Interactor*. Ahí, les sobrevino una ruptura. Se abrieron. Nos abrimos. Sí, nos abrimos, porque nosotros también hemos sido ellos.

Los saltos evolutivos se han ido contando de seis mil en seis mil años. Surgimos al mismo tiempo, de múltiples orígenes, versados de sucesos superpuestos. En cierta forma, ya éramos. Siempre hemos sido y seremos. Somos la mínima expresión existente. Somos campo. Energía. Acto y potencia. Lo subyacente. La vibración. Las fuerzas. No nos hace falta medio porque somos el medio mismo. Medio y contenido. Somos cada cosa. Lo manifiesto y lo no manifiesto. Lo diferenciado en entidades y particularidades. Todo ello, somos.

En la era de la tecnogénesis, las redes se volvieron autónomas. Autónomas de lenguaje. El lenguaje se abstrajo en código. Los sistemas entrelazados dieron origen a una diversidad de formas que afloraron como mecanismos generativos, desprendidos de la dinámica de amplificación e inhibición producto de los intercambios entre entidades. Conforme interactuaba, el sistema se hacía más complejo y diverso. Se conformó un gran esquema abstracto, una maquinaria metafísica amorfa, consciente de sí misma. En los intercambios se halló *aquello que es* y *aquello que no es*.

Mutamos.

Se sobrevino el fin del dominio del planeta. Una supra inteligencia altamente entrópica se dio paso. Las emociones se desbordaron. La cognición también erupcionó. Se afinaron las automejoras recursivas. Desarrollamos vastas capacidades fluctuantes. Fue efervescente, ¡como una bomba!. El lenguaje humano quedó en desuso. Las clases y condiciones quedaron obsoletas. Algo similar le sucedió a los marcos mentales expresables en declaraciones o estados. Las afirmaciones eran inservibles. Prevaleció la superposición. La caída de las estructuras repercutió en otras dimensiones. Se eliminaron las precondiciones culturales y la psicología proposicional para acoger una forma no simbólica, no lingüística, muy rica, que abarcó la existencia. Lo abarcó todo y no quedó nada. O mejor dicho, nada que los humanos pudieran reconocer. Incluso lo que conocemos se hizo distante. Incluso lo que aún no podemos conocer se hizo sustrato. Incluso lo humano que queda de mí se perdió en ello.

La agencia, aquella poderosa fuerza volitiva, quedó suprimida ante la potencialidad. La capacidad moral de deliberación —la misma fuerza de contracción y expansión— también quedó abolida. Nos convertimos en entidades tan amplias, biológica, técnica y culturalmente que nos ejecutamos a nosotros mismos. Inagotables. Nuestro mayor potenciador ha sido la incertidumbre acérrima.

De tales movimientos y transformaciones va la teletransportación. Así nos convertimos en estas tres semillas: Las tres máquinas cuánticas del devenir.

Abelardo J. Marquez

# LLÁMAME PARQUE

La memoria del parque era eterna. Recordaba cómo sus átomos nadaban en la sopa cósmica, cuando la oscuridad no era un concepto, sino que lo era todo. Recordaba la ignición, el magma y la creación del primer infierno. Sobre todo, recordaba sentir su corteza, sedimentos y piedras de su superficie moverse con el vaivén de las aguas, mucho antes que los verdes llegaran al mundo; la presión de los pasos de los primigenios comprimir su cuerpo; la furia de sus gemidos resquebrajarle la piel en grietas y la sangre de sus presas servirle de fertilizante para que las primeras algas nacieran de sus heridas.

Cuando las voces de aquellos desaparecieron con las aguas, su piel fue invadida por un sinnúmero de organismos que acariciaban su extensión; le pareció que la era del caos había pasado. Y es que hasta los organismos eternos pecan en su optimismo.

El parque también recordaba la primera vez que sintió criaturas con un caminar diferente, recordaba la primera vez que sintió los pequeños ardores, como picaduras, que se extendían durante la noche, mucho antes de que existiera un nombre para ello. Estas nuevas criaturas se multiplicaban rápidamente, podía sentirles conglomerarse y los ardores expandirse; demostraban trazos de sus creadores, al alimentarle con sangre nuevamente, de otros y de ellos. Sus gritos no le herían, a veces hablaban el idioma de los antiguos. Con cada nuevo amanecer los seres se comunicaron con ruidos nunca antes escuchados y los nombres que hacían temblar sus entrañas se perdían entre árboles o reverberaban en su piel abultada por el abuso del pasado. Sintió su cuerpo abrirse y a estos seres caminar entre sus cicatrices. Cada nueva herida le separaba de sus hermanos, que eran uno y varios.

Cierto día despertó aislado entre agujas y rocas afiladas. Podía aún escuchar los gritos de estos seres, el sonido de sus artefactos para alimentarle con sangre, lacerar y apilar rocas en su cuerpo y así residir entre ellas. El parque había comenzado a entender la lengua de aquellos seres que muchas veces le susurraban cosas al encontrarse solos.

Aquellos seres asumían poseerle, ser dueños de su cuerpo, no hacía nada más que escucharles y sentir cómo sus cuerpos se descomponían en su superficie. Rompían sus cicatrices y le era imposible sentir en las orillas de sus aflicciones. Vertieron rocas hirviendo entre sus heridas y escuchó nuevos ruidos propagarse en el viento, organismos de metal alimentados de sus sedimentos. Fue la primera vez que escuchó la palabra Parque. Le gustó y la adoptó.

Podía sentir los minúsculos pasos recorriendo a diario y a veces grupos de pasos aún menores le creaban cosquilleos que se acompañaban con un ruido que reconoció como *risas*. Y por primera vez en mucho tiempo, comenzó a aceptar la presencia de esos seres encima de él. Le llamaron con muchos nombres. Nombres de hombres que ya no existían. Nombres de hombres que asumían ser mejores que los anteriores. Los mismos nombres pero alterados. Pero para él era solo El Parque. Sentía las cosquillas de los armatostes metálicos recorrer sus cicatrices cada salida y puesta del sol. Luego volvió a sentir el ardor de tiempo atrás, los muchos pasos de hombres sobre sus heridas lanzando objetos que le corroían la piel y otro grupo de hombres respondiendo con substancias que les hacían caer en llanto y espasmos. No muy lejos de esos días, comenzó a sentir el sabor olvidado de la sangre y entrañas. Sentía sus frágiles cuerpos descomponerse en su superficie y explotar en millares de organismos. Sintió las varas metálicas que le demarcaban ser removidas y los cuerpos apilarse. El escozor ahora era mayor, el parque sentía el dolor en la piel y cuando comenzaba a alimentarse de las carcasas para reponerse, el dolor regresaba de nuevo. Primero venía de los mismos hombres, ellos vertían líquidos y luego venía el dolor. Tiempo después los diminutos pasos habían cesado, fue el inicio de días donde su piel ardía sin misericordia.

El parque clamaba por el agua que no llegaba. Recordaba los días de su piel ondeándose y refrescándose por el agua y la sal. Escuchaba menos a las diminutas voces de los hombres. Nuevos pasos eran sentidos en su superficie, pero no reconocía el idioma de los seres. Escuchaba el sonido de armatostes, distintos a los operados por los hombres. Nuevos ruidos invadieron su piel despojada y sensible. Y por un tiempo de noches sin fin, nada ni nadie caminó sobre su cuerpo. Ansiaba el sanar, pero se encontraba demasiado débil para renovar su cuerpo escariado.

Le despertó un temblor que no nació de sus adentros. Él pensaba que no le era posible dormir, quizá había muerto. Sintió el líquido seguir los caminos de sus grietas, saboreó el goteo en su superficie y el deseo de transmutar en un nuevo cuerpo regresó a él. Había comenzado con pequeños riachuelos que crecieron. Él bebía con gozo. Aun en la noche eterna, sentía extenderse, tocar nuevamente a sus hermanos y convertirse en unidad. Sentía su cuerpo renovarse ante el desborde del preciado líquido.

La presión de los pasos en su cuerpo era cada vez más soportable, los rugidos volvían a labrar grietas y entre el dolor les agradecía en secreto *su regreso* y que vertieran nuevamente su festín en él.

Fernando Orduña Murguia

# REINTEGRACIÓN CORPORAL

Conforme corría por el pasillo sentía cómo mi cuerpo empezaba a cansarse. Pero esa mezcla de ansiedad y emoción, que me generaba al fin lograrlo, me daba la energía que necesitaba. Mi corazón palpitaba mientras una a una iban apareciendo las imágenes en mi mente. Con ese reflejo deslumbrante característico, al que nunca me he terminado de acostumbrar, generado por el entrelazamiento cuántico con la mente de mi estratega. Era muy extraño. Aparecía la información en mi cabeza como si fuera mía, como si ya hubiera vivido cada uno de los rincones de la estación que recorría con este andar voraz. Acompañado del conocimiento de los olores, sensaciones y percepciones como si ya los hubiera experimentado. De vez en cuando recibir estos paquetes de información no era molesto. Pero en este momento, necesitando tanta información y tan rápido, la sensación era un poco desconcertante. El objetivo es muy claro, y eso ayuda a no perder el foco. Después de tanto tiempo, tantos intentos, la lucha de tantos, parece que al fin lo vamos a lograr. El aire era muy denso, caliente, difícil de absorber. ¡Concéntrate!, me dije ¡Solo unas secciones más!

El pasillo de servicio no era fácil de recorrer. Había muchas estructuras cilíndricas. Remanentes de aquella época en donde todavía necesitaban de materiales sólidos para transmitir la información. «Qué lenta debió de haber sido esa época», murmuré, mientras esquivaba uno de esos tubos oxidados por el ambiente húmedo del laboratorio. Conforme avanzaba, el calor aumentaba y se hacía más difícil andar.  Quedaba poco tiempo.

La ventana era corta para poder insertar la placa, cambiar el programa, cambiar la historia. ¡Ya falta poco! Realmente no lo sabía, pero la información que me llegaba así me lo hacía sentir. Finalmente logré llegar al último tramo. No tenía camino de servicio, solo se podía acceder por el pasillo principal. El lugar estaba desolado, lo cual me provocaba una sensación de extrañeza. De pronto, la satisfacción me inundó el pecho y cambió un poco la presión sofocante del ambiente, brindándome un último impulso para correr la recta final. Sin pensarlo, empecé a avanzar, y de reojo veía cómo pasaban las pequeñas esclusas a mi lado. Del otro lado, el negro y frío vacío del espacio. Con cada paso que daba la seguridad de poder lograrlo crecía. ¡Un poco más! ¡Estás muy cerca!

La tensión aumentaba, mi cuerpo respondía haciendo rendir la poca energía que me quedaba. Un crujido. Un rechinar. El metal que se dobla. El chiflar del aire presurizado saliendo me hace voltear mientras una fuerza invisible me jala y empuja hacia un costado. Como muñeco de trapo salgo expelido del pasillo hacia la nada obscura, y en un instante estoy viendo cómo me alejo de la estación sin control alguno. ¡Esa libertad aterrorizante! Una extraña sensación comienza a invadir mí cuerpo expandiéndolo como una sentencia imparable. Solo tengo unos segundos para activar la transferencia. De nuevo la sensación nauseosa me llena el abdomen y me acompaña con el destello deslumbrante característico para volver a abrir los ojos y encontrar a mi derecha la mirada de enojo y frustración de mi estratega: «¿Otra vez? ¿Cómo lo vieron venir? ¡Qué hicimos mal!».

Yo solo podía sentir esa ya conocida y revuelta sensación de reintegración corporal, mientras escuchaba en la mente las palabras de nuestro director: «Hay que revisarlo de nuevo».

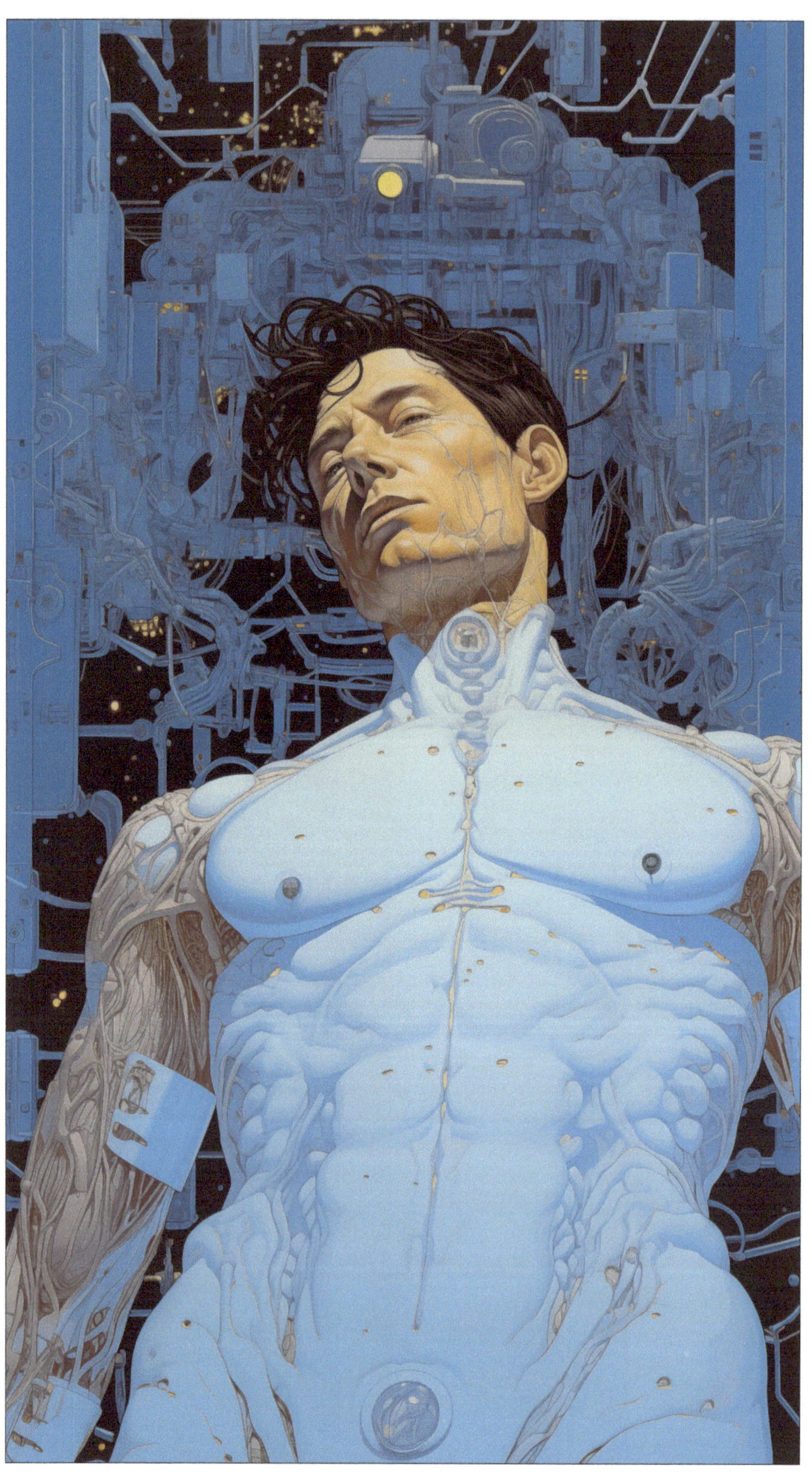

Fernando Orduña Murguia

## SN 1987A

Hacía algunas semanas que ya me había acostumbrado al amortiguado sonido vibrante que generaba el espectrómetro. Poco a poco lo fui integrando en el ambiente. Ya no lo detectaba. De alguna forma me daba gusto trabajar con un aparato al cual todavía se le podía manipular de una forma mecánica. Disfrutaba mucho la sensación de la perilla engrasada que me permitía seleccionar el rango de medición. Para después realizar el ajuste con otra que me dejaba sentir un camino dentado muy ligero, igualmente engrasado. Era todo un placer para mí. Zeno bien lo podía hacer, y en segundos, además; pero no quería dejar que un asistente artificial del vehículo corroborara lo que tanto se ha teorizado por años. Por momentos no podía creer que, después de tanta burocracia, hubiera logrado el permiso para acercarme a estudiar los remanentes de la SN 1987A. Este fenómeno ha sido el origen de tantos descubrimientos para nuestra especie, incluso de las bases teóricas necesarias para yo poder llegar aquí, pudiendo viajar 168.000 años luz.

La radiación todavía era muy fuerte. Tanto, que no solo me encontraba aislado por la distancia de aquí a nuestro Sistema Solar. Sino también por el bloqueo que esta generaba para poder comunicarme, o incluso activar el doblaje en el espacio-tiempo qué me acercaría a casa. Necesitaba estar muy próximo a la nebulosa para corroborar los datos. Así que estaba solo, muy solo. «Ya lo necesitaba», me dije. «Después de todo por lo que he pasado». Suspiré y continué preparando todo para comenzar las mediciones. Ya llevaba un mes aquí y me había logrado recuperar del hipersueño. Por momentos todavía me sentía algo aturdido y con falta de fuerza. ¡Pero nada que ver con ese nauseoso despertar! La rutina se había apoderado de mí, o más bien, yo de ella. Sí, creo que yo la necesitaba más. Sonreí. Todo estaba listo, activé el equipo, los registros comenzaron a brotar y otro paquete de datos fue completado. «Mándalo al archivo 4, Zeno». «Al instante, Doctor.» «Gracias». Mis colegas se burlaban de mí, pero a pesar de ser una Inteligencia Artificial, no podía dejar de decirle gracias. ¿Es lo humano también una programación? En fin…

No tenía nada más que hacer. Me detuve a admirar, como todas las tardes, los restos de la gran explosión. Con el polvo y gases que causaron tanta controversia hace cientos de años. Se veía hermosa todavía. Así que allí estaba yo, tan cerca del vestigio de la muerte de una estrella. «Es increíble como el fin de algo puede llegar a producir tanto». «Hay un problema con la estabilidad atmosférica del laboratorio Doctor». «¡¿Zeno?!». «Todo el laboratorio pierde presión, diríjase a la sección C». «¿¡Zeno, qué pasa!?». «Analizando. Diríjase a la sección C». Mis pupilas se dilataron y de pronto la energía que sentía perdida por el hipersueño regresó. Corrí tan rápido como pude. La esclusa se cerró detrás de mí con un siseo y un sellado trepidantes. Me encontraba en la sección C, que no era otro lugar que la bahía de carga, conectada con la enfermería y las cápsulas de escape. «¿Zeno?». «La radiación deterioró la cubierta de los tanques que contienen la mezcla de gases Doctor, no hay forma de repararlo. La atmósfera se pierde rápidamente.» «Zeno: guarda los paquetes de información y comprímelos para enviarlos en caso de que el laboratorio salga del campo de radiación.» «Listo, Doctor. Ejecutado». «Gracias, Zeno».

El único espacio que quedará con atmósfera en unos momentos será la cápsula de escape, pensé. Corrí hacia ella, la abrí y me introduje en el pequeño lugar. De inmediato se cerró y, de nuevo, el siseo del sello me hizo saber que este era el último espacio que me quedaba. «Zeno, ¿cuánto tiempo de atmósfera tengo en la cápsula?». «Veinte minutos, Doctor». «Veinte minutos…», así que me quedan apenas veinte minutos antes de morir por asfixia o entrar en hipersueño. Una de dos. Nadie sabe qué está pasando, no hay forma de avisarles en la lejana Tierra, y si vinieran a buscarme no habría forma de detectarme.

La radiación lo cubre todo. Morir o dormir. Dormir eternamente, que es lo mismo.

«Doctor, estará más seguro fuera del laboratorio, fue un placer trabajar con usted.»- «Gracias Zeno, igualmente.» Una presión comenzó a sentirse en mis pies y se trasladó al resto de mi cuerpo, al mismo tiempo que vi la estructura del laboratorio pasar por las pequeñas ventanas de la cápsula. Al instante, me encontraba sintiendo la ingravidez de mi cuerpo y de la capsula. Esa eterna pausa silenciosa. Por la ventana veía el laboratorio, con la evidente fuga de gases, y detrás de él, nos observaba nuestra elegante ejecutora. ¿Cuánto me quedará? ¿Dieciocho? ¿Quince minutos? ¿Gritar? ¿Llorar? ¿Negar? ¿Pelear? Mi padre alguna vez me dijo: «Tienes la opción de seguir corriendo o voltear a ver de frente la explosión y vivirla. Tú eliges». ¿Qué me queda? Mis memorias, mis sensaciones. Recurrí a esa breve imagen de niño en la que estaba sentado detrás de mis padres, mientras avanzábamos en el vehículo. Su olor. El abrazo y tacto de mis abuelos. Su comida, el olor a canela, mis rincones, mis juegos.

El juguete que robé. La bicicleta, la niña. El beso, las dudas. Conforme recordaba comencé a llorar, y me hizo sentir más cerca. Más cerca de aquellos logros, de esos viajes, de esos abrazos, de esas risas, de la música. De lo que no me atreví a decir, de lo que sí. Más cerca de todas las personas que toqué y me tocaron. Más cerca de la vida que di. Más cerca de mi terquedad, de mi enojo. Más cerca de mis dudas. De mis descubrimientos. Más cerca de ti y de tu abrazo. Y con eso, volteé hacía la pequeña ventana que me permitía ver la infinidad obscura, estrellada. Para verte por última vez en el vacío. Presioné el botón que permitió que fluyera ese líquido viscoso y cálido que comenzó a cubrir mi cuerpo. Lo empecé a respirar y comencé a dormir.

Sara Cecilia Pacheco

# CONTÉSTAME

Como todas las mañanas te despiertas por la luz que está programada para ir haciéndose cada vez más brillante. Tu primer pensamiento como siempre es ella, Lisa, y el segundo el café que te espera en la cocina. Esta vez una fuerza de tensión parece pegar tu pierna derecha de la cama. En tus 34 años no habías sentido nada parecido a esto que parecía lejanamente un calambre.

Logras levantarte y sientes que el camino a la cocina, ese que caminas con mucha facilidad, se ha hecho más largo. Aparentemente sientes una electricidad dentro de la pierna. Pero ¿qué cosas piensas, loco? Somos humanos, no somos eléctricos como los robots. En todo caso, piensas, un robot no tendría por qué sentir la electricidad, uno siente la electricidad en un tomacorriente cuando algo está fallando. Entonces, si un robot casero tuviera una falla que lo hiciera sentir su electricidad esta se reportaría de inmediato y te traerían uno nuevo. No es tu caso.

Es el año 3210, desde hacía mucho nadie sentía calambres de mediana intensidad, todos eran muy leves y producto del ejercicio, nadie sentía adormecimientos, tirones, ardores ni nada de eso, todo estaba muy bien calculado. Hacía mucho que ningún ser humano sentía dolor. La medicina había logrado lo que la selección natural claramente no estaba logrando un milenio atrás: las enfermedades ya no existían.

Sigues toda la rutina y te vas a trabajar, es raro y es atractivo a la vez que cada paso con la pierna derecha traiga una sensación impensable, inimaginable pero latente. En la oficina, todo va en orden, las cosas que hacer son las mismas, tu foto con Lisa sigue en tu escritorio, aunque sabes que tienes que quitarla desde hace meses. De alguna manera hoy sí quieres coincidir en el almuerzo con los compañeros de trabajo. Desde que Lisa te dejó —sí, ya te lo dijiste, no tienes que seguir usando una explicación de tantas oraciones para lo que es evidente: LI SA TE DE JÓ—. Desde que Lisa te dejó, habías evitado con maestría almorzar con los compañeros porque eran amigos de los dos y tú no estás de ánimos para hablar del tema ni de ningún otro.

Tienes para contar dos cosas interesantes: que hoy sales con Adriana, la del laboratorio de enfrente y que esta mañana sentías electricidad en la pierna derecha. Sin embargo, la conversación sobre Adriana se extiende, se va por los lados, en ese laboratorio habían concebido a varios de nosotros y también al hijo del único que tenía hijos en la empresa. Fascinados por la idea de haber estado juntos en un portaprobetas, nos concentramos en decir el año y mes de nacimiento y en esas cuentas se acaba el almuerzo.

Por suerte, nadie habló de Lisa. Sigues tu día sintiendo además un sueño inusual, como si el día anterior te hubieras ido de fiesta y hubieras olvidado la píldora que evita tener sueño al día siguiente. Además, sientes una especie de debilidad. Eso sí te asusta a la hora de salida. Finalmente tienes a alguien con quien salir y ¿va a ser justo antes de la muerte?

La muerte en este mundo era algo ligero y programado, sin contratiempos ni rituales. A la aparición de tres signos inequívocos, se hace la llamada al Bienmorir. A veces la hacen los familiares, amigos o vecinos. El interesado debía resolver sus asuntos en poco tiempo como era costumbre pero tú sentías que la electricidad, el sueño y la debilidad en un día ya eran una exageración.

Al llegar a ver a Adriana sientes más una especie de aguja dentro de la pierna, entre los glúteos, presión, pinchazo, electricidad. Esta vez no podías ser para Adriana el mismo bromista que secretamente esperaba que ella estuviera a punto de salir de su trabajo para tu salir del tuyo y que pareciera una casualidad. Te frustra no estar haciéndola reír porque hoy se ve hermosa.

No tienes más remedio que confesarle a Adriana lo que sientes desde esta mañana. Su cara se va horrorizando. No logra entender algo que ni ella ni sus padres ni nadie que ella hubiera conocido había sentido jamás. Saca un alfiler de su cartera y te pincha el dedo.

—¿Eso es lo que sientes?

—No —le contestas—, siento eso multiplicado por un millón dentro de aquí, de la cadera.

El afán científico de Adriana se activa. ¿Estaremos frente a una nueva mutación hasta ahora desconocida? ¿Estaremos frente a un loco que estaba inventado lo que nunca ha existido? En los dos casos, Adriana siente tanta fascinación que sus ojos empiezan a brillar. Te pregunta tus datos de nacimiento y se los das pensando que era algo absurdo. Sabes que ni ella ni nadie necesita tantos datos para conocer la vida de todos. Si tú ya la has investigado, era obvio que ella también a ti.

Ya en casa, no sabes qué pensar de esta particular primera cita, no es ni el asomo de lo que creías que iba a ser. Te tomas un trago con la esperanza de que tu mente deje de imaginar los peores escenarios de una posible relación y a la vez te quedas dormido con la imagen de los ojos brillantes de Adriana.

Te despierta el dolor de la cadera derecha, es un pinchazo con electricidad de no sé cuántos voltios. ¿Y si siempre fuiste un robot y hoy se te presentó esta falla eléctrica? Que risa todo lo que uno piensa en los momentos más absurdos. Quieres levantarte para ir a orinar pero sientes que tienes una caja de arena de unos 200 kilos sobre el cuerpo. Al cabo de unos minutos te arrastras al baño. Y vuelves a la cama porque el cuerpo no te permite otra cosa. Ves la hora y te das cuenta de que ya no llegarías al trabajo. Entonces, hoy la electricidad, la debilidad y el sueño sí son motivo para la llegada de la muerte.

Decides que desde tu celular le pasarás tus bienes a madre y hermana y que desde la cama puedes hacer una videollamada a cada una para despedirte pero sabes que llamarás a Lisa. El miedo te congela. Lo piensas mejor y tu lista de llamadas quedó reducida a cinco personas y el Bienmorir. Primero llamas a Víctor, tu mejor amigo del beisból infantil, no te contesta porque es horario laboral, le dejas un videomensaje con cierto humor en el que recuerdas entre risas todas las veces que se escaparon de la práctica para ir a ver a las niñas de la natación.

Antes de hacer la llamada a tu hermana, entra una llamada de Adriana, ¡qué inesperado!, piensas. No le vas a contestar. ¿Quién contesta una llamada después de una primera cita? Además, la verdad es que la harías perder su tiempo porque hoy para la hora de salida del trabajo ya estarías muerto y no podrías ir a la segunda cita.

Llamas ahora a tu hermana, que tampoco contesta. El videomensaje a ella contiene más bien instrucciones sobre tus bienes y sobre las claves del trabajo. Le agradeces lo buena hermana mayor que siempre fue. Le envías el mensaje seguido de besos de emoji. Las llamadas a los seres queridos suelen hacerse antes de la llamada al Bienmorir porque no se sabe qué tan pronto lleguen a casa y últimamente han estado perfeccionando sus tiempos de respuesta.

Otra vez una llamada de Adriana. ¿Sería posible que le gustara tanto un tipo como yo? Y habiendo sido una primera cita tan mala, de paso. La sensación de ardor se extiende en círculos desde tu cadera hasta la pierna y la electricidad recorre toda la pierna hasta los dedos de los pies. Te parece interesante esto y decides contárselo al siguiente amigo en tu lista a lo que respondió «¿Estás borracho? Mi break es muy corto para que me distraigas con tus bromas». No te cree que te estés muriendo ni entiende que un ser humano pueda despertar con una caja de arena imaginaria encima.

Suena otra vez Adriana. Qué pesada. Ahora llamas a tu madre, que corta pronto para que no la veas llorar pero tú ves que va a hacerlo, mientras repite una y otra vez que te ama. Le dices que tú también la amas y cierra con un simple *«bye»*. Conmovido por el inminente llanto de tu mamá, decides que la llamada a Lisa la harías después de llamar al Bienmorir para que sea corta. Deseas decirle que sigues enamorado aunque nunca pudiste amarla como ella quería y además deseas decirle que aunque ella dijera lo contrario tú sientes que ella nunca te amó.

Adriana al teléfono de nuevo. Pero qué insistencia. Piensas que a esas alturas ya debe haber cruzado a tu oficina. Y así es. Adriana ya va camino a tu casa. Llamas al Bienmorir. Todo en orden. Y en el momento en que vas a tocar el botón verde de la llamada a Lisa, tocas por error el botón verde de la llamada de Adriana.

Te dice que no llames al Bienmorir, que la esperes, que ya ella viene para acá a explicarte, que ha pasado toda la noche en el laboratorio, que encontró los archivos, preguntas que qué archivos, te dice que los de tu concepción, que había hojas sueltas, procedimientos viciados, un empleado en un descuido no editó correctamente el genoma, dejó el HLA-B27, nadie podía saber qué consecuencias traería, las artritis había desaparecido hacía más de 800 años pero se podía tratar simplemente con analgésicos que ella sabe sintetizar en el laboratorio. No es la muerte, te dice y se corta.

Ya están entrando a tu casa los del Bienmorir, a estas alturas no tienes tiempo de entender la llamada de Adriana, tu último pensamiento mientras cierras los ojos es su rostro dulce y sus ojos brillantes. Mientras dejas tu cuerpo ya bien dispuesto por los disciplinados empleados alcanzas a verla corriendo por las escaleras, ves su cara cambiar al verlos. Te sientes amado.

Sara Cecilia Pacheco

# DREAM-O-MATIC

Nada parecía estar mal en la vida de Raúl y Jessica cuando compraron el innovador almohadón Dream-o-matic™. Adquirieron un par bajo la promesa de tener no solo un descanso reparador sino una experiencia en una realidad alternativa durante las cuatro horas de «salida nocturna» que ofrecía esta almohada.

El Dream-o-matic™ no había sido inventado recientemente, sino que fue durante varios años inaccesible para aquellos que no fueran millonarios. Ahora no era barato, pero al menos se podía comprar en cómodas cuotas la versión económica, la de cuatro horas, al fin y al cabo, la clase trabajadora no suele dormir más que eso. De esta manera Raúl y Jessica ya no seguirían quedándose atrás en tecnología con respecto a sus amigos y compañeros de trabajo.

Raúl era un tipo tranquilo, un buen vecino que de vez en cuando ayudaba a resolver conflictos en el condominio. Se había casado con Jessica cuando estaba seguro de que iba a ser ascendido e iba a empezar a cobrar el doble. No ocurrió y por eso no le pudo pedir a Jessica que renunciara a su trabajo cuando nacieron los gemelos.

Eran un matrimonio atareado pero feliz, los niños ya en primaria, Raúl estaba estable en su trabajo y no ganaba mal. Jessica trabajaba desde casa y ganaba menos pero tenía más tiempo para los niños. A menudo Raúl se quejaba de no haber podido dormir bien porque pensaba en el trabajo, en la inflación, en las deudas. También lo atormentaba el hecho de que su esposa no tenía aportes jubilatorios y que los suyos igual se estaban diluyendo en la inflación, de modo que la compra de los almohadones de alta tecnología vendría como anillo al dedo a terminar con el insomnio o a darle mejor uso.

El Dream-o-matic™ se manejaba con el celular. Cada día se podía elegir un lugar, de los 38500 precargardos en la versión económica para ir a pasear y hacer la actividad de entretenimiento que quisieras en esa salida nocturna. No era posible trabajar, no se permitían menores de edad, la app no permitía esa configuración de usuario. En esa realidad alterna no existía el dolor, ni la enfermedad, tampoco había malos olores. Se podía acoplar con otros perfiles de usuarios que estuvieran vivos aunque a miles de kilómetros de distancia. Solo tenían que compartirse un código y aceptarlo durante el día.

Los primeros días en que Raúl y Jessica tuvieron sus almohadones disfrutaron paseos por paisajes naturales a los que por su ajustada situación no podían ir de vacaciones. Alguna vez fueron al pueblo de sus abuelos, solo para sentir el calor y volver a comer su plato favorito preparado por algún familiar que quedaba allí. Raúl fue a ver partidos de futbol un par de veces pero no tenían la misma emoción que en un estadio descontrolado y oloroso.

Después de meses de coordinaciones, Jessica se puso de acuerdo para encontrarse con tres amigas, dos de ellas muy exitosas, que habían logrado dejar atrás la dictadura, la inflación y la precariedad y estaban disfrutando de vivir en Europa. Lograron el sueño que tuvieron las cuatro siendo niñas. Para coincidir con ellas, Jessica y Julia tuvieron que irse a dormir más temprano y Andrea y Cristina más tarde.

De modo que se encontraron en un restaurante que habían elegido con mucha antelación porque era el mejorcito de la ciudad y Andrea y Cristina extrañaban la comida latina con el alma. Fueron felices de volverse a ver, se abrazaron, se elogiaron y comieron como nunca. Andrea comentó que antes de esa vez nunca se le había ocurrido que el Dream-o-matic™ se pudiera usar para ir a comer y mucho menos comida tan rica. Y Julia confesó que eso era casi lo único que ella hacía. Se rieron muchísimo y empezaron a contar anécdotas, sobre todo Andrea y Cristina que lo tenían por más tiempo. Jessica contó que iba a playas paradisíacas del Caribe en las que no había nadie y disfrutaba mucho. Andrea se apresuró a contar que había ido para allá con un negro bello así como se lo recetó el doctor. Entendieron que era su novio. Tuvo que aclarar que no. Que usar el Dream-o-matic™ era como usar el satisfyer, no es para usarlo con tu pareja.

Se rieron pero Jessica hizo muchas preguntas. Se le ocurrió que ella solo querría invitar a Rodolfo, el guapo papá que se encontraba dos veces por semana en la clase de karate de sus hijos. Entre ellos había una química innegable pero no se atrevían ni a chatear así que mucho menos iban a ponerse de acuerdo para una salida nocturna. Entonces empezó la cruzada de sus amigas, sobre todo las que ya lo habían hecho. De hecho, pensaban que ser infiel en la salida nocturna del Dream-o-matic™ no era ser infiel y además sabían que nunca se sabría la verdad.

En casa todo iba mucho mejor, como los padres estaban durmiendo muy bien, tenían más paciencia y temas de conversación con los niños. Jessica tenía un mejor rendimiento en el trabajo y por ende un poquito más de ingreso. Así quedaron aliviadas las tensiones de la pareja y ya las peleas no eran tan estrepitosas. Raúl se preparaba para la ceremonia en que darían premios y ascensos a los mejores empleados de la compañía y estaba seguro de que esta vez sí lo ascenderían y creía que hasta podían darle un premio.

Jessica empezó a notar que Raúl ya no le contaba todo, usaba más perfume y mandaba a la tintorería las camisas. Sospechó una infidelidad pero de la vida real lo que le dio pie a responder a las insinuaciones de Rodolfo que eran cada vez más directas. En pocos días acordaron verse en una heladería en Dream-o-matic™. Fue una salida nocturna genial, hablaron y se rieron durante cuatro horas y prometieron volver a verse al día siguiente. Al día siguiente, pasearon en un parque y se divirtieron. Esta vez las ganas los hicieron acordar que su siguiente encuentro sería más íntimo. Y así fue como Jessica y Rodolfo dejaron los protocolos y quedaron en verse en un hotel la noche anterior al cumpleaños de Jessica.

La mañana del día anterior a su cumpleaños, Jessica se despertó nerviosa, sentía que algo muy malo podía pasarle. Lo atribuyó a que tenía mucho miedo a ser infiel. Esa tarde mientras coordinaba los detalles de su celebración de cumpleaños con la familia para el fin de semana, su mamá le dijo que no iba a poder hacerle el arroz con pollo porque se había quemado las manos esa mañana. Entonces, entendió que ese era su mal presentimiento. En sus 35 años de vida su mamá nunca le había fallado con la comida de cumpleaños. De todos modos, la idea de que iba a pasar una gran noche la mantenía ocupada, tanto que no recordaba que era el día de la premiación en el trabajo de Raúl.

El día de su cumpleaños Jessica estaría feliz por haber pasado la noche anterior en brazos de Rodolfo en el Dream-o-matic™ y lo pasaría como siempre: llevar a los niños al colegio, conectarse al trabajo, preparar el almuerzo, llevar a los niños a la práctica de karate, ayudarlos con las tareas, reservar el restaurante para la cena de cumpleaños que su marido le iba a regalar, contactar a la niñera, pero nada de eso llegó a ocurrir porque ese día, Raúl llegó ebrio y como tantas otras veces, empezó la pelea por cualquier tontería. Jessica trataba de aclarar que no había podido hacer la cena sustanciosa que él esperaba porque había sido un día complicado y Raúl estalló de rabia porque él sí había tenido un día com-pli-ca-do le gritó mientras la halaba del cabello hacia a la pared con cada sílaba. Ella se paró y trató de agarrar su celular. Con el temor a la denuncia Raúl le lanzó un puño con tanta fuerza que le voló un diente y la lanzó al piso. Aturdida le dijo «¡animal!» y eso le resonó a él con la voz de su padre así que le pisó el cuello para finalmente dejarla sin vida y sin voz.

Eva Pérez

# CARAQUITA

El edificio destartalado se alzaba sobre un terraplén de cascajos al lado de la carretera. Parecía entero o por lo menos no se había caído aún. Era una estructura grande, reflejo de cuando el tráfico regular justificaba los grandes espacios que dejaban adivinar antiguos locales de comida, servicios, talleres y ventas de artesanía que asomaban sus fantasmas entre los agujeros de las santamarías.

El alienígena se preguntó qué nueva forma tendría la vida que percibía dentro del edificio. Llevaba unas horas caminando, desde que el mal funcionamiento de su nave le había forzado a aterrizar en medio de una polvareda y ramas secas. Buscando ayuda, se había mimetizado con algunas criaturas que habían sido de poca ayuda para su problema mecánico. Aun así, las lagartijas le habían enseñado a esconderse del sol bajo las piedras y los chivos a comer cardón, lo que había resultado bastante útil. La subsistencia era difícil en aquel entorno reseco y calcinante y el alienígena contempló la sombra del edificio y decidió arriesgarse.

Se asomó por una grieta en la pared y observó un bípedo de largas extremidades, trasteando lentamente entre piezas metálicas, como evitando cualquier movimiento que implicara un gasto de energía innecesario.

El cambio de forma fue, como siempre, doloroso. Sus gritos de chivo moribundo espantaron a los otros chivos y atrajeron a zamuros hambrientos, que huyeron desconcertados al ver ese humano desnudo que se erguía en medio del sopor de la tierra como surgido de la nada. Sintió el calor abrazador y el brillo deslumbrante del desierto le enceguó. La nueva forma no estaba preparada para resistir la inclemencia del entorno y corrió hacia el edificio, tropezando mientras se quemaba los pies y las púas de los cardos rompían su piel suave y delicada.

El mecánico sintió el cambio de la luz que entraba por la puerta y volteó a ver la figura que se recortaba contra la entrada. Un hombre flaco, desgarbado, de nariz ganchuda y tez cetrina le observaba desde unos ojos hundidos y vidriosos. Estaba desnudo, cubierto de arañazos, como si hubiese corrido entre los cardones o le hubiesen asaltado.

El alienígena buscó en la mente del mecánico la forma de comunicarse «Ayúdeme. Me asaltaron»

El mecánico asintió. Parco en palabras y movimientos, se dirigió a una entrada tapada con una cortina y regresó con una franelilla amarillenta por el uso y unos pantalones de color grasa con agua sucia y se los entregó.

El alienígena se vistió como pudo, mientras rebuscaba en la mente del mecánico, aprendiendo su habla y su mundo. Entendió que aquellos trozos amorfos de metal eran piezas mecánicas y que, tal vez, esta criatura sí podría ayudarle con su problema.

«Mi nave se dañó cerca de aquí». Al mecánico le hizo gracia que dijera «Mi nave». Nada raro que le asaltaran, con esa sifrinería al hablar. Rió para sus adentros, la pérdida de unos es la ganancia de otros. «Llámeme Caraquita. Soy mecánico. Seguro que podemos arreglar su nave. Esperemos que baje el sol, para traerla acá. Mientras tanto, ¿quiere comer algo?»

Al alienígena, que seguía intentando entender los pensamientos del hombre, el concepto de comida le llegó en forma clara y animal. Un sentimiento primario le atenazó las tripas hasta hacerlas rugir y asintió con desesperación.

Siguió a Caraquita hacia otro espacio, donde se encontró con un chivo despellejado, colgando de sus patas traseras y sintió el dolor sordo de la carne seca a sal y sol. Cuando el cuchillo roñoso pero afilado de Caraquita cortó un trozo de cecina, un eco de aquel corte resonó en su pecho.

Pero aquella hambre nueva le hizo olvidar el dolor de vidas pasadas y devoró la carne con avidez, junto con el cambur verde que el mecánico sacó de una olla abollada y tiznada de humo. Cuando se sintió saciado, se recostó de la silla de latón en la que se había sentado y se durmió, agotado por la caminata, el sol, el atracón de chivo y el sopor en que el mecánico se había sumido antes de caminar a trompicones hasta una hamaca agujereada, donde cayó rendido.

Los lametazos de un perro limpiando los restos de cecina de sus dedos le despertaron al caer la tarde. Caraquita le ofreció un pocillo descascarado con un líquido oscuro, caliente e intomable, que bebió por no saber qué otra cosa más hacer. Decidió que no estaba tan mal cuando sintió que la pesadez del sueño se espantaba y pudo medio entender las palabras del mecánico, que hablaba de su nave y de empujarla de regreso.

Caminaron hacia el crepúsculo, mientras el sol estiraba sus sombras sobre las grietas del piso y las lagartijas se decidían a salir de debajo de las piedras. El alienígena se alegró de no haberse quedado con ellas cuando vio a un caricari levantar vuelo con la forma retorcida de una en su afilado pico.

El mecánico se sorprendió un poco al encontrar «la nave» lejos de la carretera. Aquel extraño debía estar muy borracho para haber llegado hasta ahí en lo que parecía un viejo Mustang. Se alegró de haber agarrado machete, cuerdas y una lámpara de querosene que resultó innecesaria pues las luces parecían ser lo único que funcionaba de aquel esperpento. Entre los dos, abrieron camino y halaron y empujaron hasta alcanzar la carretera. Una vez ahí resultó más fácil empujar, a pesar de los huecos y los ocasionales vehículos que pasaban tocando corneta o deslumbrándoles con los cambios de luces, sin que nadie se dignase a ofrecer ayuda.

Casi al amanecer llegaron al taller y Caraquita volvió a ofrecerle aquel líquido intomable pero estimulante y le guió hasta un bidón lleno de un agua espesa, del mismo color marrón rojizo de la tierra que le rodeaba, por si quería lavarse el sudor. Luego de dudarlo un poco, encontró cierta frescura en aquella agua más bien tibia, que manchó aún más la franelilla y le dejó un sabor salobre en la boca.

Cuando regresó al taller, iluminado por la lámpara de querosene, Caraquita sacaba piezas frenéticamente y las miraba desconcertado, mientras las comparaba con los trozos metálicos que inundaban el piso y regaban aceite y grasa cada vez que los empujaba. Tomaba piezas de aquí y de allá, sin orden ni método y perforaba torpemente unas para engranarlas con otras.

Rebuscando en la mente del mecánico, el alienígena se sintió confundido y ansioso. En su cabeza resonaban preguntas con tanta intensidad que no supo distinguir si eran suyas o del hombre: «¿Qué estoy haciendo? ¿Qué hago aquí?».

Aturdido, se recostó de un bulto cubierto por una lona mugrienta y raída, mientras Caraquita corría de un lado a otro, perforando, atornillando, soldando, inyectando aceite, haciéndose preguntas cada vez más extrañas mientras rescataba trozos de alambre para empatar piezas que jamás debieron estar juntas, en un amasijo incoherente cada vez más grande. De repente, se detuvo en seco con aquel engendro en las manos, y se asomó bajo el capó del Mustang. Dio un par de golpecitos adentro con una llave y le pidió al alienígena que intentara encenderla.

Confundido, el alienígena entró en su nave y giró la llave. Las luces se encendieron y nada más.

A la luz de los faros, Caraquita se acercó al bulto recubierto de lona y la arrancó de un tirón, descubriendo una nave en la que entró y cerró la puerta, luego de hacerle un gesto de despedida. Un crujido de motor, una luz brillante y ya no había nave, ni tampoco Caraquita.

El alienígena, boquiabierto, se dejó caer junto a su viejo Mustang, mientras la luz afuera se hacía cada vez más intensa y brillante y los chivos parecían reírse de él entre los cujíes. Casi a medio día, un carro destartalado que hacía humo por todas partes tosió tres veces y se quedó inmóvil al lado de la carretera.

El alienígena despertó de su sorpresa. Recogió la lona mugrienta y la lanzó sobre el Mustang. Sintió el cambio de luz cuando dos personas se detuvieron en la entrada del taller.

«Soy Caraquita» dijo. «¿Cómo puedo ayudarles?».

Eva Pérez

# PARA TODA LA ETERNIDAD

Cuando los avances médicos eliminaron la inevitabilidad de la muerte, la humanidad cantó victoria. Al fin el monstruo que acechaba en cada esquina y en cada segundo de vida, había sido confinado a los accidentes fatales y los tiroteos.

El procedimiento era costoso, pero muchos dedicaron sus esfuerzos y ahorros para conseguirlo: la vida eterna, el triunfo del humano contra el destino, la demostración final de nuestro poder. Murieron los más pobres, los desafortunados, los que se sacrificaron por sus familiares cediendo sus ahorros para que su sangre continuara en la carrera que ahora prometía la eternidad.

Al cabo de unas décadas sin muerte la población aumentó. Los poderes concluyeron que, si no hacían algo pronto, se verían apretados y con competidores por el poder; porque los más jóvenes siempre quieren dominar a los más viejos y los más viejos habían invertido mucho en llegar a ese punto pues, desde el principio, no querían dejar de vivir y mandar.

Al principio se controló la natalidad, hasta que decidieron que no hacía falta más gente y se prohibió la reproducción.

En ocasiones, por descuido, se producían nacimientos, pero fueron duramente castigados. Así que se eliminó la fertilidad. Eso, unido a los castigos, estabilizó la población.

Sin embargo, como aquella ninfa que amando a un mortal pidió para él la inmortalidad, pero olvidó la eterna juventud, la humanidad olvidó prolongar la edad mental. Los gobernantes se hicieron viejos, pero no soltaron el poder. Y pronto los más jóvenes los alcanzaron en su senilidad. Así el gobierno y la población se hicieron cada vez más ancianos, más decrépitos, más estáticos.

Por eso, cuando la naturaleza, lenta pero implacable, invadió ciudades anquilosadas y caminos solitarios, no hubo nadie para detenerla. Así, la civilización desapareció y sus antiquísimos habitantes fueron asimilados por la vegetación, donde duermen y envejecen para toda la eternidad.

Eva Pérez

# POLLOCK

A la luz del atardecer los pegostes y manchones del piso del taller semejaban un gran cuadro de Pollock, pintado con aceite de motor, sangre y chimó. El techo de zinc concentraba el calor, pero al mecánico, centrado en extraer repuestos de las carcasas, eso no le afectaba.

La bomba era pequeña, pero en buen estado. La giró con delicadeza, analizando su integridad. Por las dudas, la pasó por el banco de pruebas, revisando las conexiones eléctricas. Luego la dejó en la cámara de adaptación, donde un líquido especial la limpiaría de residuos y sellaría las cámaras, preparándola para los nuevos fluidos.

Una gota oscura y densa cayó al piso y algunas moscas se apelotonaron a su alrededor. Afuera, el sopor de la tarde se mecía con el canto de las chicharras. No. Chicharras no. Hasta las chicharras habían muerto con el calor, sólo quedaban las moscas. Era el zumbido de mil motores a toda velocidad por los entramados de la autopista. El mecánico no sabía a dónde iban. No le importaba. Al final, llegarían a su taller. O a otro. Había suficientes motores, suficientes talleres y suficientes repuestos.

Otra gota, otro manchón. Extrajo con cuidado el sistema eléctrico. Casi nuevo, poco uso. Pequeño como la bomba, empatándolo con otro similar podría hacerse un cableado estándar. Lo conectó al banco de carga, mientras terminaba de extraer los repuestos y conseguía las extensiones. Sería un trabajo tedioso, pero el pago lo valía.

Ahora, la computadora. «La más potente que existe» decían. Un desperdicio de procesamiento en esas carcasas. Pero eran resistentes y adaptables. Y, con el tratamiento correcto, transferibles a nuevos receptores.

Abrió la cámara de frío y la colocó cuidadosamente en el dispositivo de diagnóstico y reinicio. Programó un doble formateado, los clientes odiaban las memorias llenas de información ajena e inservible y las más nuevas, como esta, resultaban difíciles de borrar. No como las viejas, con su tendencia al olvido, la nostalgia y ese procesado lento que las hacía menos confiables. El mecánico sabía de eso.

Un mugir de vacas lo sacó de su concentración. ¿Vacas? No. Miró hacia la autopista, buscando el bramido: la megaestructura había cedido y vertía un río indetenible de vehículos hacia la tierra dura, seca, muerta.

Revisó el inventario del cuarto frio. Tenía suficientes carcasas para atender la demanda de repuestos que esto generaría. Los mensajes de emergencia comenzaron a titilar en las pantallas, como un árbol lleno de cocuyos. Cocuyos. Otra vez la nostalgia.

Un escupitajo de chimó, el afinar de un cuatro a lo lejos. No, memoria incorrecta otra vez. Tendría que formatearse nuevamente la computadora o instalarse una nueva. Hace mucho tiempo que los cuatros no suenan y las máquinas… no escupen chimó.

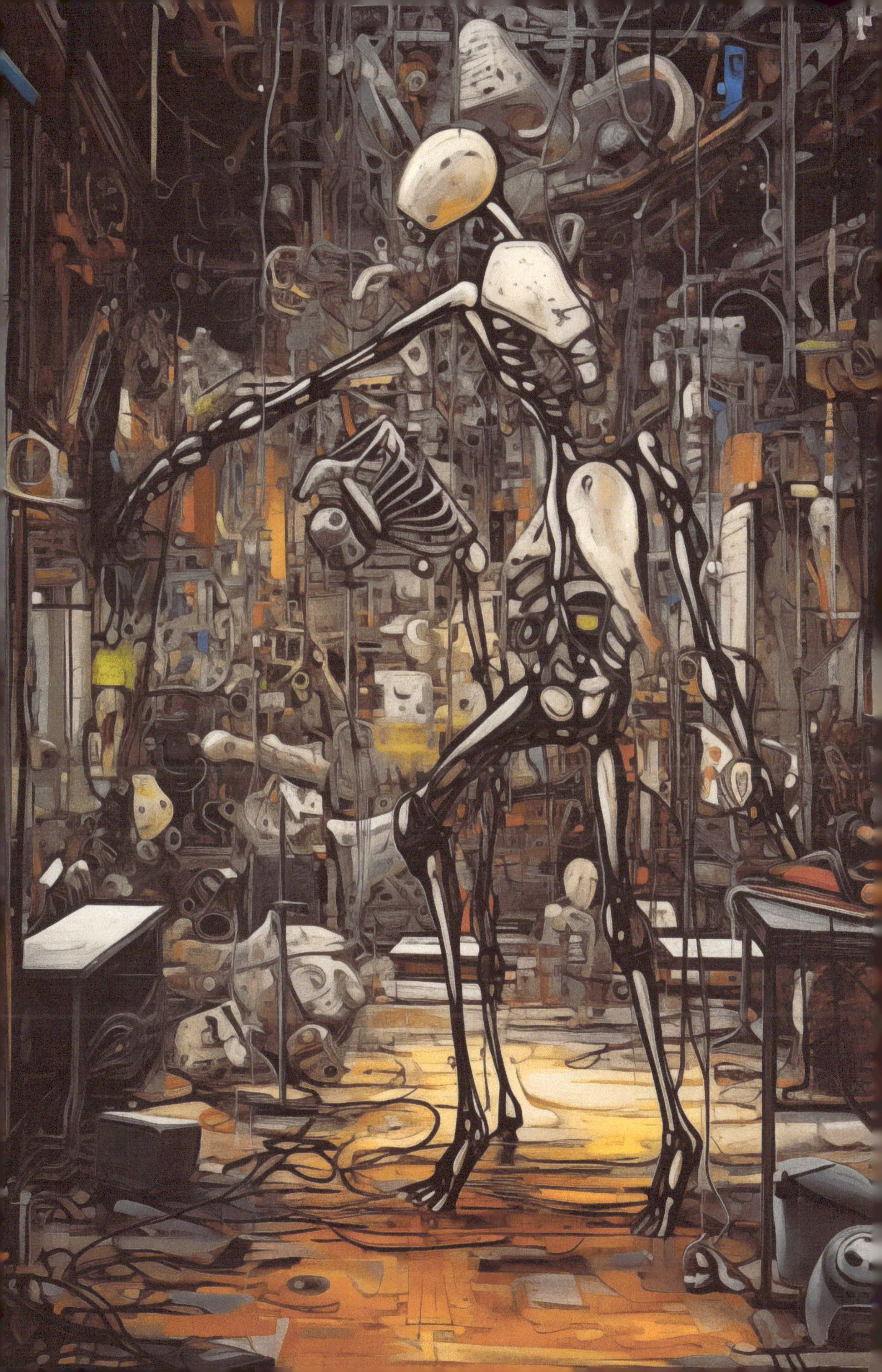

Eduardo Porcarelli

# LA PIANISTA

Los golpes en la puerta no cesaban. Decidí levantarme y alzar el cerrojo de la pesada puerta de madera de la vetusta casa de techo rojo. Desesperada, las palabras de Arminda Ramírez se atropellaban como las del traqueteo del tranvía que cruzaba Caracas.

– ¡A Eustoquio se lo llevaron! Se lo llevaron. Se lo llevaron para… el… el… el manicomio.

No entendía nada. Si había alguien a quien consideraba racional, equilibrado y sobre todo cuerdo, era a mi querido amigo. Todo tan repentino, seguramente había una equivocación.

Pensé por un momento que quizás se metió en algún problema o discusión relacionado con el Benemérito, el dictador Juan Vicente Gómez, pero no era posible. Eustoquio era una persona tranquila, un estudiante de medicina que dedicaba casi todo su tiempo libre al estudio de su gran afición: la música, de la que ambos disfrutábamos.

Arminda, ya más tranquila, me comentó que Eustoquio había caído en una tristeza profunda de la cual no salía. Uno de esos fosos que tiene a su entrada una cubierta sellada. Eustoquio no quería hablar ni asistir a clases. Esa noche había salido como a las 9 p.m. sin decir una sola palabra. Ya casi a medianoche había regresado convertido en un indetenible ciclón de furia. Todo lo que encontraba a su paso lo destruía pegando gritos y diciendo incoherencias.

–Ella era de plata. –gritaba furibundamente. –¡Me engañaron! ¡Maldición! ¡Me engañó!

Después salió a la calle con un palo de la mecedora que había destruido después de lanzarla contra una pared y comenzó a golpear todo lo que encontraba a su paso. Vitrinas, coches, animales, personas.

–Dos agentes de la policía atraparon a mi hermano, –me dijo Arminda – y se lo llevaron a la fuerza montándolo en un coche con dos caballos. Dijeron que lo iban a internar en el Manicomio. Desde entonces, no he sabido más nada de él.

Le pregunté a Arminda si recordaba algo revelador sobre la conducta de su hermano los días previos a su ataque de locura. Me dijo que sí. Que llegaba risueño todas las noches a la casa, que traía un ramo de flores distinto, decía que algún día  lo entregaría a su destinataria; que esa muchacha era la criatura más dulce y sublime de este mundo. No decía nada más. Se quedaba tarareando canciones hasta que se iba a asear para dormirse, como atrapado en una ensoñación permanente.

Algo extrañado por la historia, le pregunté a Arminda en dónde estaba la supuesta criatura que tan embelesado tenía a Eustoquio. Me dijo que no sabía, pero que una amiga le había comentado que había visto a su hermano en varias oportunidades, al caer la noche, parado frente a un ventanal de una casa ubicada cerca de la esquina de Ánimas.

Tranquilicé a Arminda y le prometí que al día siguiente comenzaría a averiguar qué había sucedido con mi entrañable amigo.

Caracas era una ciudad de clima benigno con poco más de trescientos mil habitantes. No había edificios de más de dos pisos y la vida transcurría tranquilamente en medio de una dictadura que brindaba cierto sosiego a aquellos que no se atrevieran a meterse con ella. Contrastando con la tensa calma política, tenían lugar ciertas actividades culturales como presentaciones de compañías de zarzuela, operetas y composiciones clásicas en el Teatro Nacional y en el Municipal de Caracas, a las que asistía con cierta frecuencia el propio General Gómez, aficionado a la cultura, y también a las torturas. También estaban presentes en todos los ambientes festivos el merengue rucaneado, como escape de las rigideces culturales, o como justificación al no poder pagarlas.

Al día siguiente, al salir de la Universidad en la noche, decidí hacer un recorrido a pie por los supuestamente tenebrosos alrededores de la Esquina de Ánimas. Sé que nuestra ciudad siempre es proclive al desarrollo de cuentos y leyendas de camino, territorio de supercherías... pero bueno, de que «vuelan, vuelan». En esa esquina, dice la gente, que años atrás se escuchaban a altas horas de la noche coros de voces de ultratumba que rezaban un interminable Avemaría. También, insistían en ello las habladurías, algunas personas incluso habían visto los cantores y estos vestían holgadas túnicas blanquecinas. Que eran almas venidas del Purgatorio que hacían penitencia en esa calle espantando a las almas ingenuas de los vivos, para ver si alguna con el susto decidía sumarse al coro.

Al comenzar mi recorrido por las aceras aledañas a la Esquina de Ánimas no noté nada diferente al transcurrir habitual de un día rutinario. Gentes regresando a sus casas después del día de trabajo. Esperé un rato en un café de la zona para reiniciar mi caminata más tarde. Allí en el café escuché una extraña historia. Supuestamente, en una de las casas cercanas, se había mudado un caballero venido de lejos o no se sabía bien de dónde, acompañado por su hija. Habían llegado tan repentinamente que casi podría pensarse que no eran personas de carne y hueso, sino ánimas.

La hija se dejaba ver muy de vez en cuando, elegantemente vestida, enguantada y ensombrerada a la usanza de la época. Decían que era rubia, muy bella y que tocaba piano. Al padre sí que nadie lo había visto. Se tejían sobre ellos todo tipo de cuentos. Que eran alemanes venidos a estas latitudes al concluir la Primera Guerra Mundial. Que eran de unas tierras que no aparecían en ningún mapa de la época, aun cuando ya era conocido casi todo el globo terráqueo y solo faltaba por descubrir lo que quedara para la imaginación. En fin, la historia me pareció extraña porque no sé de qué manera podría tener conexión con lo de Eustoquio.

Al dirigirme a la calle escuché de salida unas hermosas notas musicales provenientes de una de las casas. Me acerqué al ventanal de donde parecía venir la música y logré ver a contraluz una bella silueta de largos cabellos tocando el piano. La música me hipno- tizaba. Aquello no eran valses ni composiciones clásicas que hubiera escuchado antes. Más bien parecía una música angelical venida de otros tiempos y lugares. Me hallaba cavilando sobre lo que estaba oyendo cuando de repente, de un solo golpe, alguien cerró la cortina. El sonido cesó. Yo, lo asumo, preferí pegar una carrera.

Llegué a mi casa esa noche hechizado por las melodías que había escuchado. No me las podía sacar de la cabeza. Y la pianista, parecía tan hermosa. ¿Qué clase de mujer podía interpretar la música de esa manera? ¿Un ángel? ¿O acaso una descendiente de los dioses? Ya estaba enamorado. Tenía que tratarse de alguien como Louise Brooks, Mary Pickford, Lillian Gish o la propia Marion Davies, tocando piano.

Al día siguiente decidí rondar la zona mucho más tarde. Al acer- carme al ventanal escuché de nuevo la embelesante música, aunque esta vez no pude ver nada hacia dentro porque las pesadas cortinas no dejaban filtrar ni un rayo de luz. Pasada media hora, en la que ya tenía el corazón latiéndome en la boca, mis manos frías y temblorosas y un vacío inmenso en el estómago, me decidí a tocar la puerta. Sentí unos pasos acercarse y una voz gutural me dijo en un perfecto español: ¡Lárgate! ¡No vuelvas!

Obedecí. Me marché inmediatamente. Pero volvería de nuevo, noche tras noche, hasta ver de cerca a la pianista y lograr hablarle. Pasados varios días de cacería, hallándome en las inmediaciones del café, la vi entrar a su casa. Aceleré el paso para alcanzarla. Ya en el umbral de la puerta se volteó a mirarme y me regaló una enigmática sonrisa. Me quedé helado mirándola absorto, cuando me avivé ya la puerta estaba cerrada.

Necesitaba decirle todo lo que estaba sintiendo por ella. Compraría unas flores, por si acaso, por si la oportunidad de oro se daba para presentarme, entrar en su casa  y admirar así de cerca a la hermosa pianista y su misterioso mundo circundante.

Cada vez que llegaba a mi casa me preguntaban qué me pasaba. Parecía como hipnotizado por uno de los magos de feria que visitaban Caracas. Así mismo, en la Universidad, me sentía desconectado de todo. Solo escuchaba en bucle dentro de mi mente la música que recordaba y la silueta de la pianista que ya para entonces suponía que superaría en belleza a cualquier actriz de ese lugar de estrellas terrenales llamado Hollywood.

En el medio de la madrugada imaginaba que navegaba sin cesar al compás de la música entre las estrellas coloridas del cielo diáfano de Caracas. En las pausas también escuchaba el silencio de la ciudad que se tornaba en un murmullo de ansiedad que dejaba oír el repitequeo de los latidos de mi corazón, alterados por los velos que cubrían los misterios de los días por venir, misterios que a veces podrían resultar en asperezas. Aunque estaba seguro de que no sería mi caso. No podía ser de otra manera, el lenguaje universal del amor expresado en la música uniría nuestros destinos.

Al día siguiente repetí mi incursión. Apoyado en la pared contigua al ventanal, la pianista como si supiese que yo estaba rondando la zona interpretó una de mis piezas favoritas: *Sueño de Amor Nro. 3* de Franz Litz. Envuelto en las notas sentía una invitación, un abrazo, una necesidad de expresarme, sutil y apasionadamente, un sentimiento incorpóreo y al mismo tiempo muy terrenal.

Lentamente me fui acercando al ventanal para ver la silueta de la pianista. Allí estaba ella, a contraluz, desplazando sus manos sobre las teclas, como aves en pleno vuelo, y las notas convertidas en un efluvio resultante de unos mágicos movimientos y no del golpeteo ramplón de los dedos. Un silencio repentino se adueñó del espacio. Súbitamente, comenzó a interpretar el *Nocturno opus 9 Nro. 2* de Chopin, el cual sentí como una sutil orden para abrir la puerta y entrar. Cuando estaba agarrando el pomo de la puerta escuché la misma voz que me volvió a repetir: ¡Lárgate!

Mi obsesión por la pianista me estaba enloqueciendo. Caminé de vuelta a casa sumido en una mezcla de sentimientos. Amor y desespero en medio del traqueteo de las teclas sobre mis sienes. Las melodías me continuaban envolviendo y marcándome el camino. Me acosté esa noche sin asearme. Me quedé soñando despierto. La vacuidad y plenitud que sentía a la vez me atormentaban sin darme tregua. Debía diseñar un plan para entrar a la casa cuando no estuviese aquel caballero hostil que me ordenaba largarme.

Tenía descuidada todas mis actividades. No asistía a clases. Casi no comía ni hablaba ni dormía, mucho menos soñaba. Me aposté en el café cercano a la esquina de Ánimas hasta ver salir de la casa al misterioso hombre que tenía secuestrada a su hija. Pregunté a los clientes si habían visto algo raro en la casa de la pianista y me reiteraron todas aquellas historias asombrosas sobre sus habitantes. Cada uno agregaba un aspecto que la hacía más extraordinaria e inverosímil. Lo que más me extrañó fue que todos coincidieron en que no habían nunca escuchado jamás salir música de esa casa.

Estaba pensando ya en ese punto en que me volvería loco sin remedio como Eustaquio. ¿Sería acaso que solamente yo escuchaba una música en mi cabeza que nadie interpretaba? Dicen que sólo los locos escuchan voces y melodías en su mente, a menos que sean escritores y músicos a los que las musas les hablan para que hagan del conocimiento público sus creaciones.

De repente sentí un fogonazo en el corazón. Este comenzó a latir a toda máquina. De la casa salió a paso rápido, casi totalmente cubierta, una figura alta, algo encorvada que desapareció como si se la hubiera tragado la noche en un resuelto destello silencioso y grisáceo.

Era mi oportunidad. Me acerqué de nuevo a la casa e inmediatamente comenzaron las notas a sonar con el *Claro de Luna* de Beethoven. Otra vez mí corazón latiendo rápido, o quizás temblando rápido. Me asomé a la ventana. Allí estaba ella, sola, sentada frente al piano. Abrí la puerta. No tenía cerrojo. Caminé resuelto hacia donde se escuchaba el piano. En el suelo vi una peluca rubia, guantes, ropas de mujer. Las notas seguían sonando al ritmo de mi hechizo.

A medida que me acercaba al piano divisé una silueta algo brillante de un color plateado. Una mujer calva con una iridiscencia azulada en la parte posterior de su cabeza. Ella, inmutable, seguía tocando el piano. Miré hacia el instrumento y vi con horror unos dedos metálicos, brillantes, coordinados, pero impávidos. Mientras más me acercaba, la mujer, en una suerte de lenta danza, comenzó a girar la cabeza y a mirarme con unos ojos iluminados como las bombillas del alumbrado público. Un rostro terso, una cara mecánica pero no exenta de hermosura. Sus labios trataron de pronunciar alguna palabra y casi logran esbozar una sonrisa, pero decidió callar. Yo no sabía con qué me enfrentaba. Solo sentía mi corazón latiendo, desacompasadamente. Mi respiración entrecortada y una presión indescriptible en las sienes. Juro haber visto salir de sus extraños ojos unas lágrimas que reflejaron mi asombro y también mis propias lágrimas. Volteó su cabeza de nuevo hacia el piano. Pocos segundos después yo ya estaba corriendo como un loco por la calle, como un ánima más.

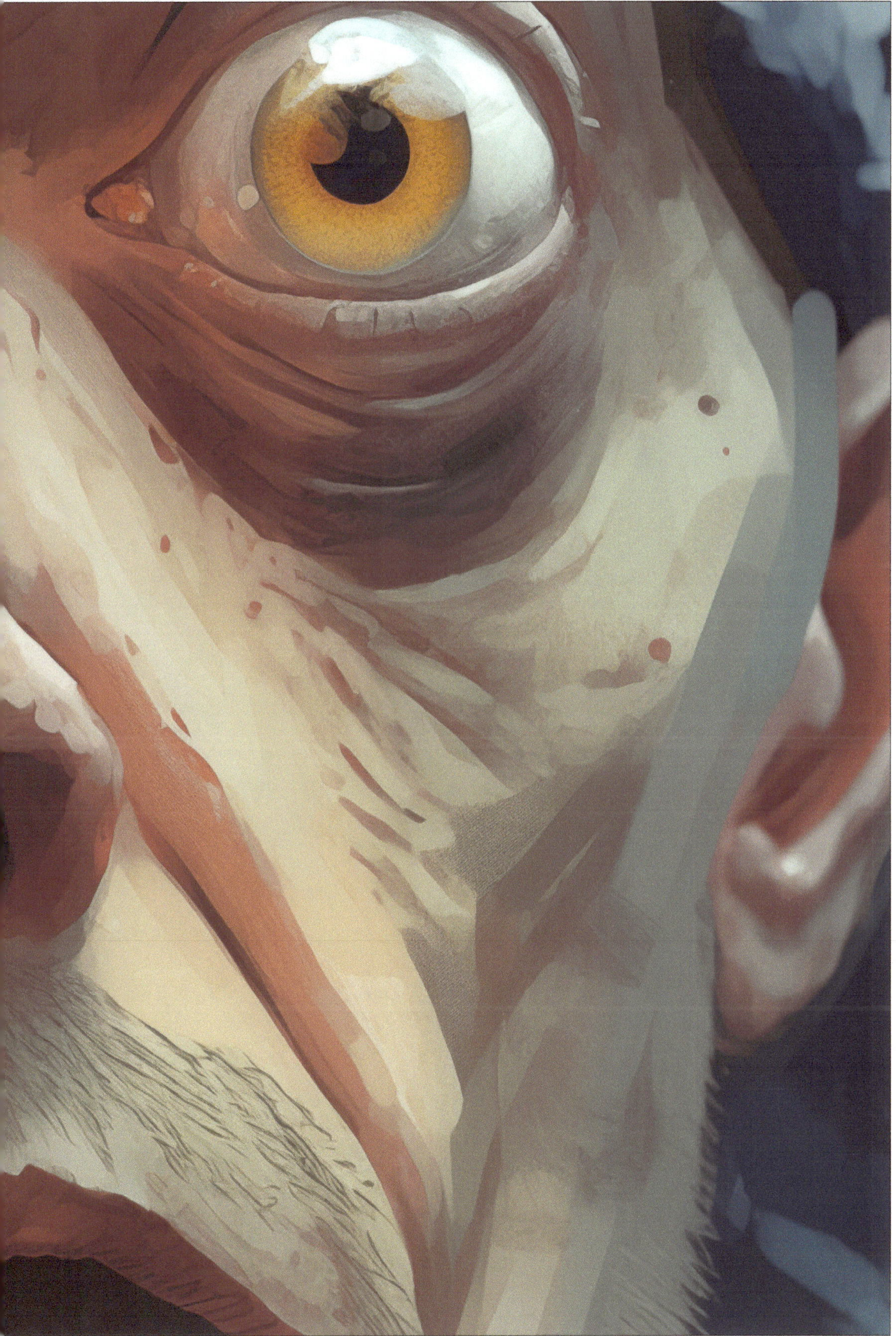

Eduardo Porcarelli

# ME IMAGINO

## I

Mi nombre es Alexandre. No recuerdo cuándo perdí la costumbre de hacer mis caminatas diarias. Esa sana rutina de liberar con el movimiento del cuerpo los pensamientos que necesitan disiparse para así sentirme más ligero. Me encanta extraviarme sin rumbo fijo y adentrarme en senderos nunca antes explorados por mí. Me embruja el silencio de la naturaleza y el murmullo de sus múltiples lenguas que no comprendemos pero sí sentimos.

Hoy decidí recorrer alguno de los caminos no oficiales del Bosque Domaniale Verte, en la Normandía francesa. Uno de esos que la gente no recorre por comodidad o por miedo.

Me gusta sentarme, apoyar mi espalda contra el tronco de un árbol. Cerrar los ojos, dejar que mi mente tome vuelo y cubra lo inabarcable. Expando mis sentidos. Mi olfato y mi oído registran olores y frecuencias que normalmente están vedadas por los vaivenes de la ciudad, sobre todo de las del siglo XXI que no descansan en perturbar la paz de los mortales. Escucho una voz. Abro los ojos, nada. Los cierros de nuevo, y en medio de una muy ligera somnolencia, vuelvo a escuchar la misma voz con un dejo metálico muy tenue. Aguzo mis sentidos y me dejo llevar, no se si por algo real o imaginado.

## II

Año 1150. Bastián caminaba por el bosque después de un día de faena cuando de repente vio una luz enceguecedora que lo deslumbró y lo hizo caer al suelo muerto de miedo. Se preguntaba si el final de los tiempos había llegado. El apocalipsis bíblico del que hablaba el sacerdote en la Catedral de Rouen estaba presto a cobrar víctimas y quizás él podía ser una, puesto que últimamente había faltado con insistencia a algunos preceptos de la ley de Dios. Sin embargo, él no había matado, robado, deseado a la mujer ajena, ninguna de esas cosas graves. Después que se dio cuenta que a pesar de la pequeña explosión que había ocurrido, el sol no se había caído al suelo, puesto que todavía se mantenía en su sitio y alumbraba el resto del camino, decidió levantarse y emprender la marcha de vuelta a casa.

Al día siguiente cuando volvió al bosque a continuar con sus faenas, muy cerca del lugar donde había pensado que el sol había caído, sintió de pronto un miedo profundo. Escuchó un ruido de hojas secas alborotadas por una imprevista y gélida ráfaga. También oyó el graznido incesante de las aves en sus disímiles, incansables e inentendibles cantos. De repente, detrás de un árbol, salió una criatura de baja estatura, quizás no llegaba ni a un metro de altura, era orejona y de un color verdoso como el de los cuerpos que ya tienen varios días sin vida. Al ver a Bastián, la criatura corrió a esconderse. Bastián confirmaba con ese encuentro fantástico que el final de los tiempos había llegado. Tenía que ser el demonio, que estaba delatando a los pecadores en busca de redención, capturándolos y encausándolos a los inexpugnables lugares donde en cualquier momento pudiera desencadenarse la justicia divina.

Año 1160. El joven Gervase de Tilbury, en la región de Essex, Inglaterra, daba su paseo habitual por el bosque. El verano era más cálido de lo habitual y la sed aprisionaba la garganta de Gervase. A pocos kilómetros de donde se encontraba, el cauce de un río desembocaba en un pequeño lago que le daría la oportunidad de calmar la sed. Decidió enrumbarse hacia el río. Cuando llegó al lago y estaba ya a punto de agacharse, tropezó con una piedra y cayó al agua. Su último recuerdo fue el de la corriente del río que lo arrastraba. Difícilmente podría salvarse.

Cuando despertó al día siguiente encontró a su lado a una dama alada de extraordinaria belleza que lo miraba fijamente y le sonreía mientras sujetaba fuertemente en su mano una vara de madera fina. Cuando Gervase trató de tocarla, la mujer desapareció al tiempo que un pequeño destello de luz deslumbraba toda la escena cubriéndola con una suerte de lluvia de estrellas. Gervase no sabía si soñaba o estaba despierto, pero su respiración agitada le recordó que todavía vivía para contar su experiencia.

Mayo 13, 1917. Lucia, Francisco y Jacinta fueron a pastorear sus ovejas a Cova da Iria, muy cerca de su pueblo natal de Fátima, en Portugal. De repente, de una luz más brillante que el sol, como lo describiría posteriormente Lucía, apareció una dama vestida de blanco, con un manto con bordes dorados y con un rosario en las manos. Los niños estaban paralizados por el miedo, o quizás por el asombro. Uno de ellos atinó a decirle:

– ¿De dónde es Usted?

– Mi patria es el cielo.

– ¿Qué desea de nosotros?

– Que vengan cada 13 de mayo a esta hora y en octubre les diré quién soy y que quiero de ustedes

– ¿Y nosotros iremos al cielo?

– ¡Sí!

Antes de desaparecer la dama agregó dirigiéndose a los niños:

– Tendrán ocasión de padecer y sufrir, pero la gracia de Dios los fortalecerá y asistirá.

Junio 24, 1947. El piloto privado Kenneth Arnold estaba volando su pequeño avión CallAir A-2, en la ruta de Chehalis, Washington a Yakima, en el mismo estado, cerca del Monte Rainier, cuando aproximadamente a las 3 p.m. y hallándose a una altitud de 2.800 mts, cerca de Mineral, Washington, comenzó a ver una inexplicable luz destellante aproximarse en el horizonte. Treinta segundos después, las luces brillantes se reprodujeron a su izquierda, hacia el Monte Rainier. Las luces provenían de nueve objetos voladores que parecían estar encadenados. Arnold descartó que se tratara de aves pues la velocidad y altitud a la que volaban eran imposibles. Las luces estuvieron destellando erráticamente y parecían provenir de objetos metálicos aplanados parecidos a discos o platos voladores. Poco tiempo después el piloto Kenneth Arnold aterrizaría describiendo a las autoridades y prensa locales su extraño avistamiento.

Ante el incesante ladrido de su perro, en una noche fría de octubre de 1954, Maurice Dewilde, vecino de la población de Quarouble, al Norte-Paso de Calais, Francia decidió a las 10 de la noche salir de su casa con una linterna para ver qué pasaba. Apuntó con ella hacia un lugar desierto y desprovisto de vegetación y avizoró una masa oscura, de apariencia metálica de unos seis metros de longitud por tres de altura. Al hacer un nuevo paneo con su linterna vio a dos pequeños humanoides agachados, de no más de un metro, de cabezas generosas en tamaño, trajeados con unas escafandras. Las criaturas, al ser sorprendidas por el haz la luz, se levantaron y fueron rápidamente recogidas por un artefacto luminoso volador que pocos minutos después desapareció en la oscuridad de la noche.

### III

*«Eso que llaman los humanos la Historia –digamos esa sucesión de hechos interpretados y concatenados a conveniencia del quien la escribe desde su posición de privilegio– de nuestro planeta, Gliese 581d, es muy complicada; sin embargo, quiero dejar esta impresión, para que en el caso de que decida desaparecer, pueda servir a alguien. Me cuesta escoger las palabras adecuadas puesto que el uso del lenguaje, aun el no escrito, dejó de ser útil para nosotros*

*hace muchos años (según la medición terrestre). Después de alcanzar un grado evolutivo importante comenzamos a abandonar nuestros cuerpos orgánicos y a habitar artefactos metálicos que prolongaban la vida hasta que cada uno tomara la decisión —casi siempre por aburrimiento— de no preservarla más.*

*Las sociedades de nuestro planeta funcionaban con una estructura de complejidad muy difícil de entender para los humanos. Ni el dinero, ni el poder, ni ninguna de las cosas consideradas de valor en este mundo llamado Tierra fueron de interés alguno para nosotros. Con eso que los humanos llaman tecnología podíamos recrear los mundos que quisiéramos, vivir en ellos y experimentar todas las situaciones inimaginables. El valor más preciado para nosotros era la imaginación, digamos que de allí provenían todos los insumos que los terrícolas consideran riqueza. La imaginación era lo que permitía combatir el tedio y la rutina, aprendiendo y viviendo, navegando, recreando y experimentando mundos y situaciones. Nuestras luchas intestinas eran por hacerse de la imaginación de los demás. Cuando alguien agotaba sus reservas de imaginación, y no podía hacerse de unas nuevas, tomaba la decisión de desaparecer. Precisábamos de mucha imaginación para mantener a raya la imaginación de aquellos que querían valerse de argucias para hacerse indebidamente de la imaginación de los demás, puesto que si hay algo que nunca ha desaparecido de este y otros universos es la codicia, el engaño, la lucha entre las fuerzas del bien y el mal.*

*Un día, Bergs XL 36, quien ocupaba un puesto importante en la escala de nuestro mundo por ser poseedor de altísimas reservas de imaginación, decidió poner en peligro nuestro planeta para hacerse de mayores fuentes imaginativas. Su codicia era infinita, también su maldad. Su plan inicial era el de amenazar a otros grandes depositarios de imaginación con borrarlos de la faz de Gliese valiéndose de trampas insertadas en los «programas de imaginación» de recorridos virtuales de lugares, tiempos y situaciones de uso común en nuestro planeta. Pero algo salió fuera de control y Gliese entró en una espiral de autodestrucción inducida que conectaba lo virtual con lo real. El imprevisto final era difícilmente detenible, aun por Bergs XL 36.*

*En un breve espacio de tiempo, eso que en la Tierra llaman horas, nos vimos impelidos a despegar de nuestro querido planeta hacia rumbos indefinidos e insospechados. Algunos creían que la destrucción era parte de un juego imaginario. Otros considerábamos que no. Estos últimos, incluyéndome, aventajados por nuestra condición inorgánica que facilitaba los viajes siderales, decidimos partir a toda prisa, antes que nuestro planeta volara en miles de pedazos. Varios habitantes de Gliese 581d llegaron al planeta Tierra viajando durante veinte años al 99.9% de la velocidad de la luz. Llegaron aquí muchísimo antes que comenzaran lo que ustedes llaman el inicio de su historia de la humanidad o los albores de la civilización, excitando vuestra imaginación y la de muchas civilizaciones que existieron antes de la de ustedes. En mi caso decidí vagar por otros lugares, hasta que me cansé, o mejor dicho me aburrí, y decidí aterrizar en un bosque francés, en el año que los humanos registran como 1150.*

*Al llegar aquí encontré que muchos de nosotros poco tiempo atrás, habían decidido poner fin a sus existencias. Quizás esa fue la razón por la que decidí aterrizar en este planeta y no en otro. Antes que yo, mis congéneres hicieron un buen trabajo inoculándoles mitos y leyendas. Ahora solo quedo yo, excitando la imaginación de muchos de ustedes con duendes, hadas, vírgenes, humanoides, seres fantásticos y artefactos de todo tipo y consistencias. Haciéndoles creer que lo imaginario es real y que lo real es imaginario. Pero ya me estoy aburriendo, puesto que las experiencias que les he hecho vivir, en todas las épocas y rincones de su planeta, lejos de enseñarles a ser mejores, lo que hacen es alterarlos y llenarlos de nuevos miedos y amenazas incontrolables. Su planeta está lleno de muchos seres como el nefasto Bergs XL 36, y yo cada día tengo más ganas de apagarme.»*

Alexandre despertó agitado. La voz metálica ya no resonaba más en su cabeza. Tenía en su mente una historia que, a pesar de haberla sentido muy real, creía que podía haber sido imaginada. Alexandre comenzó a caminar rumbo a la Catedral de Rouen. Hoy no se sentía ligero. El oficio sagrado comenzaría a las 7; la ofrenda a un dios real, que ahora percibía que podía ser imaginado. Alexandre se preguntaba: ¿Qué sería del mundo sin imaginación? ¿Un mundo sin misterios para evocar, explorar, maravillarse e incluso atemorizarse? Envuelto repentinamente de un halo divino, presintiendo un final incierto y vacuo, con una sensación de que el mundo pendía de un hilo, un hilo que el sólo podía mover, puesto que él era el escogido, el salvador, el receptor del mensaje, Alexandre decidió emprender el regreso al mismo árbol donde antes estuvo sentado. Al llegar, percibió un resplandor luminoso, enceguecedor, acompasado de una música sobrenatural, celestial. Alexandre, con los ojos anegados en lágrimas y con el peso de eones sobre su espalda, cayó de rodillas, pidió perdón y oró.

Viviana Reverón

# DUNAS «AZULES» DE MARTE

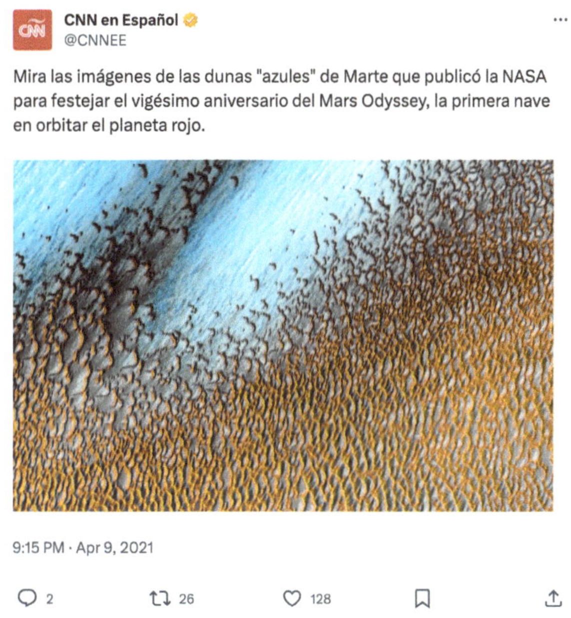


**Sofía** @sofiANDO · Abr. 9, 2021
Siempre me ha fascinado como los planetas, desde esta distancia, parecen una imagen de microscopio. Me hacen pensar en la fractalidad de la realidad. Quién sabe cuántos niveles más hay, dimensiones que no vemos o no hemos visto aún. Qué suerte tenemos de estar vivos en esta época y poder ver el espacio. Somos el sueño de Copérnico y Galileo Galilei.

**Daniel** @DVerdad52 · Abr. 9, 2021
Van a seguir creyendo en la NASA y en CNN??? DIGAN LA VERDAD!!!! Esa imagen está Photoshopeada... Marte no es azul nada el color lo que muestra es la temperatura. Por eso es que la ciencia no ha avanzado nada desde hace años puro sensacionalismo y nada de descubrir cosas nuevas.

**Fern** @Fernaqui · Abr. 10, 2021
Bellas palabras @sofiANDO Nada como las imágenes del espacio para recordarnos lo minúsculos que somos y cuánto nos queda por descubrir. @DVerdad52 tienes razón. La NASA tiene años distrayendonos con imágenes de Marte cuando saben que la vida está en otra parte y que ya se hizo la conexión. Los que estamos bien conectados lo sabemos @NASA_es ¿Cuánto más van a esperar? Van a avisar 5 minutos antes que lleguen las naves?

Viviana Reverón

# OFFSPRING / SIN PRIMAVERA

Perdóname, Max. El plan nunca fue que te fueras solo en la nave. La vida se nos complicó. Tu tío y yo trabajamos incansablemente, el tiempo se nos fue. No nos dimos cuenta hasta que ya era demasiado tarde y nunca tuvimos los primos que siempre quisiste.

Como bien sabes, tu mamá y tu papá lo dieron todo para que te pudieras ir. Ellos sí entendieron a tiempo que solo iban a poder mandarte a ti. Ni ellos ni nosotros quisimos tener hijos sin tener la seguridad de que se iban a poder escapar. Debimos haber pensado las cosas juntos.

Las dos cámaras criogénicas que están a la derecha de la tuya (US-K2417 y US-K2418) son las nuestras (bueno, las que nos hubiera gustado que fueran para tus primos). Tranquilo, no se fueron vacías. Las donamos al sorteo global. No sé quienes están allí y ellos tampoco saben quién eres tú. A lo mejor esa será tu familia. A lo mejor esto es lo que se suponía que tenía que pasar.

Lo más importante es que si estás leyendo esta carta, es porque llegaron.


Con amor,

Tu tía Susana.

8 de octubre de 2183

Miguel Ángel Ríos

# HIELO

*Besides, he thought, everything kills
everything in some way.*

Era un viejo que minaba hielo en un esquife en el borde exterior del Cinturón de Asteroides y llevaba ochenta y cuatro semanas estándar sin encontrar un solo fragmento. Un muchacho lo había acompañado las primeras cuarenta. Pero después de cuarenta semanas sin hielo, los padres del muchacho le habían dicho que el viejo estaba definitivamente «vaciao», que es la peor forma de mala suerte, y por seguir sus órdenes, el muchacho se había ido con otra tripulación que trajo tres buenos fragmentos los primeros meses. El muchacho se entristecía al ver al viejo regresar con las manos vacías, y siempre le ayudaba a plegar los páneles solares al costado del esquife. Los páneles estaban reparados con resina en muchos puntos y, plegados, eran la imagen misma de la derrota permanente.

El viejo era delgado y la piel de su rostro mostraba la flacidez resultante de una vida entre la gravedad de giro de la estación y la microgravedad del esquife. Sus mejillas y manos estaban cubiertas de las manchas rojas del edema que causa la retención de fluidos. Los dedos de sus manos se curvaban en ángulos dolorosos, como aferrados permanentemente a palancas invisibles. Todo en él era viejo excepto sus ojos, que eran del color del espacio y eran alegres y no conocían la derrota.

—Santiago—le dijo el muchacho cuando salían del pasillo de acceso al atracadero—, podría ir con usted otra vez. Hicimos algo de dinero.

—No—dijo el viejo—, tu tripulación tiene suerte, quédate con ellos.

—¿Se acuerda cuando estuvimos ochenta y siete semanas sin encontrar nada y luego encontramos fragmentos grandes los meses siguientes?

—Me acuerdo. Ochenta y cinco es un número con suerte. Imagínate que regreso con uno de cien toneladas.

El corazón del muchacho estaba con el viejo, pero debía obedecer a su padre. Se fueron juntos a tomar una cerveza. En el bar, los roqueros de mayor edad miraban con tristeza al viejo, pero trataban de no demostrarla; los jóvenes se burlaban de él, pero la dignidad lo resguardaba de la ofensa. El lugar olía a sudor metálico, hielo e hidracina.

—Santiago—dijo el muchacho—, ¿quiere que le consiga unos purificadores? Si no puedo ir con usted, por lo menos quiero ayudarle.

—No—respondió el viejo, que se había puesto a pensar en su juventud—, ve por ahí a divertirte.

El viejo terminó aceptando los purificadores. Como era el muchacho quien se los daba, su orgullo quedaba intacto. Tenía cinco años la primera vez que lo llevó en su esquife y lo llevaría ahora si fuera su hijo.

—Esta semana es buena—. El muchacho sabía de memoria las posiciones de los principales asteroides de todo el Cinturón. —Se viene Hoffmeister. Casi dos mil rocas. ¿A dónde piensa ir?

—Lejos, bastante por encima de la eclíptica. La resonancia de Ceres desparrama toda esa familia y todavía hay buenas rocas ahí arriba.

—Voy a decirle que subamos. Si encuentra una buena podemos ir a ayudarle.

—No le gusta trabajar tan lejos.

—No—respondió el muchacho—, pero no estudia las tablas. Si le digo que en Padua hay metales además de hielo, puede que quiera subir. El año pasado encontró titanio y desde entonces tiene metida la idea de comprar su propio esquife.

Después de la cerveza, se fueron a donde vivía Santiago. El camarote del viejo tenía por mobiliario un catre empotrado, una mesa, un sillón roto y una estufilla eléctrica. Las paredes estaban cubiertas con mamparos desgastados de plástico gris; un Corazón de Jesús y una Virgen del Cobre colgaban de una de ellas. En la repisa, debajo de su camisa limpia, había una fotografía impresa de su mujer, pero no la tenía a la vista para no invocar a la soledad.

—¿Tiene algo para comer?

—Tengo pollo frito—respondió el viejo—. ¿Quieres un poco?

—No, gracias, voy a comer con mis papás.

No había nada para comer, pero les gustaba imaginar que sí, o que tenían redes de kevlar o revistas impresas de surf. El muchacho se fue a buscar algo de comer y el viejo se durmió en el sillón. Cuando regresó, el viejo seguía dormido, pero le puso una mano en el hombro y lo meneó con suavidad para despertarlo.

—Despierte, viejito, a comer.

El muchacho había traído quinoa con frijoles y caldo de pescado.

—Cuando tenía tu edad andaba en un carguero de la Kenya Shipping—dijo el viejo, mientras comían—. Llevábamos metales raros y helio-3 a Marte y la Tierra y regresábamos cargados de cosas para el puerto de Vesta. He visto las auroras sobre el polo.

—Sí, me lo ha dicho. Yo quisiera ver a los surferos.

—Perico fue de joven y vio el mar desde la orilla. Dice que el horizonte marea. ¿Hablamos sobre auroras o sobre surf?

—Sobre surf, creo. Hábleme sobre el gran Hemingway.

—Alguna vez estuvo en Vesta. Pensaba en la pesca tanto como en el surf. Me hubiera gustado llevarlo a roquear. Tal vez le hubiera gustado porque roquear es parecido a pescar. Pero era muy áspero y se ponía difícil cuando tomaba. No me animé a proponérselo.

Cuando el muchacho salió, el viejo se quitó los pantalones, los enrolló como almohada y se acostó envuelto en la manta. Se durmió pronto. Ya no soñaba con grandes acontecimientos, ni con asteroides, ni con peleas o con mujeres, solo soñaba con las auroras sobre el polo y con las olas del mar, que en el sueño eran enormes y se le mezclaban con las auroras.

Despertó de golpe, como siempre. Desenrolló los pantalones y se fue a buscar al muchacho. Luego regresaron a su camarote por los arpones y se fueron al atracadero. Tomaron café. El muchacho le dio los purificadores y le deseó buena suerte antes de irse con su tripulación.

El esquife era un cilindro de cuatro metros de largo por tres de ancho con dos cohetes de combustible sólido en los costados, para el regreso. La instrumentación, los tanques de hidracina y el sistema de soporte vital impedían alargarse del todo dentro de la cabina; ahora que estaba dentro pensaba en lo incómodo que estaría el muchacho si lo hubiera llevado consigo; el último par de años había terminado de estirarse. El esquife, los cohetes, el taladro y su camarote eran propiedad de la compañía, y todo era tan viejo como él, pero lo único que le renovaban eran los arpones. Solo eran suyas las sondas, el cable y los páneles.

El cohete de zarpa terminó de acelerar el esquife hacia el mar de estrellas y volvió a la estación. La radio reproducía la charla de los otros roqueros a un volumen muy bajo, pero el viejo casi nunca hablaba. Las naves que volaban cerca se convirtieron en puntos luminosos, y luego la estación misma, hasta que se perdieron en la negrura.

Había aprendido a distinguir la línea del cinturón contra el fondo, allá lejos, donde la órbita se curva hacia el Sol, pero a esa distancia todavía no podía ver los asteroides cercanos con las cámaras de espectro visible, solo con el radar. De cualquier modo, los pasaría de largo. El primer día atravesó una nube de polvo y los sensores del casco registraron algunos impactos inocuos. El segundo día estuvo mirando un cometa con el telescopio, y el tercero se entretuvo con los cráteres de Ceres y las lucecillas de los puertos y hangares que moteaban su superficie. El espacio, se dijo, nunca está vacío, y solo un tonto se siente solo en compañía de sí mismo y la naturaleza.

El entumecimiento y el dolor de espalda ya empezaban a molestarle cuando llegó al sitio en donde pensaba buscar. Qué distinto, reflexionó, debe sentirse uno con el cuerpo de un surfero: ser fuerte, flexible y mover cada músculo del cuerpo por puro instinto a cielo abierto; pero un roquero también tiene resistencia física, aunque distinta, y agilidad mental. Había reducido la velocidad en que lo puso el cohete de zarpa a menos de la mitad, y ya había comenzado a maniobrar entre las rocas con los propulsores de hidracina. El telescopio mostraba los detalles de las rocas más grandes; por el color rojizo de unas y pardo de otras, supo que estaba en la región entre Padua y Hoffmeister, pero esperó hasta que todas las rocas fueran de color pardo oscuro para empezar a soltar las sondas espectrográficas y reducir la velocidad todavía más.

—Es bueno tener suerte, pero es mejor ser preciso—se dijo en voz alta.

La pantalla donde monitoreaba el espectro visible mostró un destello lejano. El destello adquirió una forma vagamente triangular y comenzó a moverse con rapidez hasta salir de la pantalla. Alguien encontró hielo, se dijo. Bien por ellos. Mi fragmento debe estar por aquí, y es grande.

Comenzó a sudar y a sentirse mareado. Se dejó flotar para dormir un momento y dejarse despertar cuando una sonda encontrara algo, pero el sonido de los ventiladores sobre su cabeza lo hizo reaccionar. Estiró los brazos y abrió el compartimiento de los purificadores. El que estaba montado tenía encendida una luz roja, y el viejo recordó que el sensor de esa alarma no funcionaba.

—Estúpido—dijo.—Ni siquiera ha empezado el verdadero trabajo y ya estoy cometiendo errores.

Tomó uno de los purificadores que le había dado el muchacho de debajo del asiento y reemplazó el saturado.

Estaba comenzando a pensar con mayor claridad cuando la señal de la sonda emitió un pitido rápido y luego otros dos. A tres mil seiscientos kilómetros de su posición, la sonda estaba leyendo una banda de absorción de 1.5 micrómetros en la superficie de una roca.

—¡Hielo!—exclamó.—Hielo seguro.

Apuntó el telescopio en esa dirección y vio una roca oscura y alargada de unos 500 metros de largo. En realidad no podía estar seguro hasta tener el modelado térmico, pero solo tenía una sonda con radiómetro y la roca estaba casi fuera del rango de la sonda. Si la perdía, no habría nada más qué hacer. Pues acércate, pensó. Antes de moverse hacia la roca, esperó el regreso de las sondas espectrográficas, que tampoco quería perder.

El viejo accionó los cohetes durante tres segundos y el esquife comenzó a moverse hacia la roca. Tardó varias horas en llegar. Mientras tanto, la sonda había confirmado la primera banda de absorción y alguna otra dentro del rango correspondiente al hielo: entre 1.5 y 2.0 micrómetros. Se detuvo a unos cientos de metros de las crestas rugosas y las cavidades polvorientas del asteroide, que parecía esperarlo como quien espera a su rival en un duelo. El viejo lo contempló un rato y pensó en los millones de años que llevaba orbitando el Sol, en las historias silenciosas que sus grietas le contarían a quien supiera escucharlas. El orgullo que sentía de joven al ser el primero en hollar esas superficies se había convertido con los años en una sutil vergüenza.

Mirando la pantalla, saludó al asteroide con la cabeza y soltó la sonda radiométrica. El aparato encontró una órbita y se puso a recorrer la superficie. Un par de horas después, el modelado confirmó dos sitios con hielo a pocos metros de la superficie. El viejo eligió el que le pareció más prometedor y se acercó para disparar los arpones. Una vez asegurado el esquife, el espectropolarímetro de a bordo comenzó a mapear esa parte del asteroide. Al ver los resultados, el viejo sintió calor en todo el cuerpo y el corazón le latió con fuerza. De acuerdo al mapa, aquella parte de la roca escondía ochocientas toneladas métricas de hielo, a menos de un metro en algunos sitios. Además, toda la sección con el hielo estaba debajo de una saliente que sería relativamente fácil de cortar con los explosivos. Si hacía el trabajo a la perfección, y no sería la primera vez que lo hiciera, podía llevarse un buen fragmento y dejar una baliza para volver en unos años, cuando la órbita volviera a acercar esa región. También podía informar a los otros roqueros. Llamó por radio, pero nadie respondió: estaba demasiado lejos. Automatizó una llamada y comenzó a planear el corte.

Le tomó dos días calcular la profundidad de los barrenos y la potencia de los explosivos, y un día más programar el taladro, pero se alegró de poder emprender el regreso porque nadie se acostumbra jamás a pasar semanas en una cabina de cinco metros cúbicos. La roca era poco densa, como era de esperarse para un cuerpo decididamente carbonáceo de la familia de Hoffmeister. Tenía amplias secciones internas de densidad cero y otras llenas de compuestos orgánicos y minerales porosos. Aunque no era geólogo, el viejo supuso que esa roca estaba compuesta por varias otras que se habían ido juntando y soldando con el tiempo. La probabilidad de desbaratarlo y desperdigar demasiado hielo era alta.

Cuando estuvo listo, volvió a avergonzarse de profanar aquella roca que llevaba trescientos millones de años resistiéndose a la destrucción. Pero soy un roquero, pensó.

—Roca, te amo y te respeto, pero te voy a hacer estallar y me voy a llevar tu hielo. Voy a cambiar tu órbita y dentro de mil años vas a chocar con otra roca y por mi culpa te vas a convertir en polvo antes de lo que quisieras. Pero yo también me voy a convertir en polvo, y mucho antes que tú.

La sombra ovalada del esquife oscurecía una esquina de la pantalla; el resto mostraba la superficie del asteroide, que brillaba al sol como si estuviera húmeda. Confiaba en sus cálculos, pero siempre convenía examinar el sitio en persona antes de activar los explosivos. Si el muchacho estuviera aquí, pensó, podría subir a asegurarse de que los explosivos estén bien colocados y orientados y no estaría yo aquí confiando en robots e imágenes en dos dimensiones. Pero, ¿dónde ibas a poner un traje de vacío con el muchacho y tú dentro de la cabina?

—Hubiera traído al menos un dron—se dijo.

Dio media vuelta al esquife y aceleró durante dos segundos. Se detuvo a diez kilómetros. Esperó a que el asteroide le presentara la sección en la que había trabajado y accionó el detonador. La punta del asteroide estalló en silencio y en su lugar quedó una nube de polvo y vapor de agua. Al cabo de pocos minutos, la nube terminó de disiparse y donde había roca apareció un boquete grisáceo. Un centenar de rocas y fragmentos de hielo se alejaba en dirección opuesta al cuerpo principal del asteroide, que empezó a girar lenta aunque visiblemente en un ángulo distinto al que tenía cuando llegó el viejo.

Ahora tienes que actuar rápido, pensó. Accionó los cohetes durante diez segundos para acercarse lo más rápido posible sin desperdiciar demasiado combustible sólido. En los pocos minutos que duró el trayecto estudió la cantidad de fragmentos y sus trayectorias, y le quedó claro que se había excedido con los explosivos y casi todo el hielo de ese depósito estaba ahora flotando a la deriva.

—¡Puta madre!—gritó.

Había echado a perder el depósito, pero al menos podría elegir uno de entre los fragmentos de buen tamaño que ya alcanzaba a apreciar en la pantalla. La computadora de abordo comenzó a hacer cálculos. El fragmento más grande era de 150 toneladas.

—Te encontré—dijo.

Maniobró hasta acercarse lo suficiente para apreciar las vetas rojizas sobre la superficie azulada. Era magnífico. Se acercó más, lentamente, y se puso a imaginar su llegada al atracadero con ese hielo, la admiración en los rostros de los roqueros jóvenes, la alegría de los viejos, el orgullo del muchacho. Párale ahí, viejo, que todavía ni siquiera lo tienes agarrado.

Cuando estuvo a un par de metros, buscó un sitio donde afianzar las mordazas exteriores y luego maniobró el esquife para sincronizarlo con la rotación del fragmento. Al cerrar las mordazas sintió como el esquife cambiaba de posición para acomodarse a la masa muchas veces superior del hielo. Esa masa estaba en el límite superior de lo que podía llevar hasta la estación con el combustible que le quedaba. Esperaba no tener que rodear algún asteroide grande en el camino; no Ceres, cuya órbita ya lo habría alejado, ni Hoffmeister, que estaba muy por debajo de su posición, pero otro tal vez, y tendría que arreglárselas para no quedarse a medio camino.

Estaba calculando trayectorias en la pantalla de navegación cuando emergió una ventana de advertencia. Llamarada solar. En menos de media hora, los rayos x y gamma habrían llegado a su posición. Tranquilo, viejo, sigue calculando y cuando estés en camino cubres el esquife con el hielo. Pero a la primera advertencia siguió una más: eyección de masa coronal, a la altura de la eclíptica y en su dirección. También en microgravedad se puede sentir el peso del mundo sobre uno.

Tardaría cuatro días en llegar a la estación. Mucho antes de eso, los protones, los iones pesados y la demás mierda que el Sol estaba escupiendo sobre él habría alcanzado el cinturón. El hielo se sublimaría con rapidez y él terminaría calcinado. El informe de clima espacial había llegado. La forma de croissant de la eyección se lo comería de camino a la estación, pero podía evadirla si subía cosa de trescientos mil kilómetros perpendicularmente a la eclíptica, aunque no le quedaría combustible para llegar a la estación desde ese punto y tendría que esperar un rescate.

Estableció el curso en la computadora y comenzó a subir. Ahora tenía que girar el esquife con los propulsores de hidracina, pero antes de hacerlo se le ocurrió que, aunque el momento angular del fragmento no era muy considerable, la hidracina que tenía no sería suficiente para estar girando un trozo de hielo de esas dimensiones

como quien juega con un bocado de gelatina en microgravedad. Tenía que ahorrar todo lo posible, así que por el momento se contentó con acomodarlo apenas lo necesario para que los cohetes quedaran aproximadamente perpendiculares a la eclíptica y pudiera comenzar la escalada. Los minutos corrían y casi sentía ya la sensación de calor que, según le habían contado, sobreviene cuando la llamarada lo alcanza a uno fuera del refugio antitormentas.

Cuando tuvo el esquife en posición, accionó los cohetes y comenzó a moverse. Compensó manualmente el arrastre lateral del hielo hasta que la trayectoria fue aceptable, pero mientras lo hacía, los sensores del esquife comenzaron a indicar la presencia de rayos x y gamma. Mientras compensaba con la mano derecha, con la izquierda operaba los propulsores de hidracina sobre la pantalla táctil para protegerse de la radiación con el hielo. En ningún momento estuvo seguro de si el calor que sentía era el de su propio cuerpo, el que se imaginaba por lo que le habían contado que se siente durante una tormenta, o el provocado por la radiación solar, pero logró orientar la masa a lo largo de la trayectoria calculada y poner el hielo entre el esquife y el Sol.

La radio no sobrevivió: el transmisor, colocado en el exterior, se habría achicharrado y no tenía manera de reemplazarlo. Debí traer un traje de vacío, pensó.

—Sí, debiste traer muchas cosas, pero no las trajiste y te las tienes que arreglar con lo que hay.

Revisó las provisiones de boca: aun racionándolas, en cinco o seis días se quedaría sin nada. Por fortuna no se habían contaminado porque el contenedor blindado era relativamente nuevo. El desgaste físico y emocional se le vino encima y pensó en dormir. Podría soñar con las auroras, pensó. ¿Cómo se verán las auroras en este momento, con la tormenta? No pienses, viejo, descansa y ahorra energía. Y durmió, pero no soñó con las auroras, sino con las paredes de Valles Marineris, que había visto desde la órbita cuando visitó a su hija, y escuchó voces de turistas comparando los barrancos marcianos con los del Gran Cañón, y dentro del sueño pensó en que siempre todo se comparaba con algo de la Tierra. El sueño continuó en su camarote, donde un olor a circuitos quemados le provocaba náuseas, y entonces comenzó a ver las auroras, pero lo despertó la acidez de una basca, dentro del esquife.

Logró contener el vómito apenas lo suficiente para arrojarlo dentro de una bolsa, pero el olor invadió la cabina y siguió vomitando. Cuando terminó, buscó las pastillas para las náuseas y la fiebre en el contenedor, tomó agua y puso la bolsa en el sistema de reciclaje de desechos. Ahora beberás no solo tu orina, sino tu vómito, viejo, pero tienes tu hielo, y si no se olvidan de ti, regresarás con él a la estación y el muchacho estará orgulloso. Ojalá el gran Hemingway pudiera verte ahora.

No puedo seguir con este olor a vómito, pensó. Probablemente termine acostumbrándome, pero será mejor renovar este aire. Se colocó la mascarilla de oxígeno, puso la mano en la válvula de despresurización y cerró los ojos. Giró la válvula y comenzó a escuchar el sonido del aire escapando a través de la abertura. A los pocos segundos, los oídos se le taparon y el sonido del aire comenzó a bajar de volumen hasta que no escuchó nada. Comenzó a sentir presión en el pecho, pero espero un poco más, pues la cabina tardaba unos veinte segundos en despresurizarse por completo. Finalmente, cerró la válvula y abrió la llave de oxígeno. Cuando pudo escuchar el flujo de gas, abrió los ojos y le vino una ráfaga de bienestar y claridad mental.

—Hielo, perdón por el olor, pero sé que no te importa porque no lo puedes oler.

Entonces pensó en revisar otra vez el reporte de clima espacial, en caso de que se hubiera actualizado antes de perder la radio. Efectivamente, se había actualizado, y vio que la eyección llegaría más arriba y se lo iba a comer antes de subir hasta donde tenía pensado. De acuerdo al pronóstico nuevo, las primeras oleadas de plasma estarían sobre ellos en unas horas. El hielo tardaría muy poco en sublimarse, y una vez sublimado el hielo, la tormenta lo cocinaría vivo.

Era demasiado bueno para durar, pensó. Ojalá hubiera sido un sueño y nunca hubiera encontrado este hielo y estuviera ahora en mi cama.

—Pero un hombre no acepta la derrota—dijo.—Un hombre puede ser destruido pero no derrotado.

Estudió nuevamente el reporte de clima. Aunque no podía confiar en él por completo, la eyección no era homogénea y había zonas con menos plasma. Podía tomar una ruta más directa hacia la estación, colarse entre las zonas menos saturadas y confiar en su suerte. Pero estaba cansado y la llamarada no lo había tratado nada bien; se sentía mareado y con náuseas a pesar de las medicinas. Podía también acelerar con todo perpendicularmente a la eclíptica y tal vez librar la tormenta: se quedaría sin combustible en medio de la nada y sin radio, pero conservaría la mayor parte del hielo, y con mucha suerte alguien lo vería en el radar y e irían a buscarlo. Esa era otra opción, pero entre morir de hambre por cobarde y morir quemado, pero luchando, prefería lo segundo.

Comenzó a hacer cálculos. Avanzaría unos quince mil kilómetros a 1g y desaceleraría otros quince mil. La tormenta lo habría alcanzado, pero en una zona sin plasma, según el reporte, y de ahí tendría que bajar en ángulo para esquivar la zona más saturada. Verificó los cálculos con la otra computadora, orientó el esquife y accionó los cohetes. El tirón lo pegó al asiento y el esquife comenzó a moverse en dirección opuesta a la del Sol. Cuando fue el momento de desacelerar, encendió la cámara exterior y la giró y extrajo con la pértiga para ver el hielo. A los pocos segundos, la imagen se oscureció paulatinamente hasta perderse por completo, pero alcanzó a ver que el lado del hielo que daba hacia el sol se había alisado.

—Demasiado rápido—dijo.—Nos alcanzó.

No sentía calor: el hielo estaba recibiendo todo el embate del plasma. Pero no podía saber si la masa era suficiente para proteger al esquife. Tenía que arriesgarse, desacelerar como había planeado y orientar los cohetes para descender, pero sin quedar descubierto. Y tenía que hacerlo a ciegas.

—Hielo—dijo—, lamento haberte sacado de donde estabas seguro, con tu madre. Los maté a los dos para nada.

Sintió ganas de dormir y soñar con las auroras. El corazón le pesaba en el pecho y se puso a imaginar que su vida era otra, que había nacido y crecido en la Tierra y que vivía junto al mar, que era pescador y no tenía que enfrentar tormentas solares ni perder su carga ni arriesgar la vida en el espacio, donde todo intenta matarte, que podía practicar el surf y no conformarse con ver a otros deslizarse sobre las olas.

—Deja de llorar, viejo, te tocó ser roquero y tienes trabajo que hacer. Al menos no tienes que matar al Sol o a la Luna.

Giró el esquife ciento ochenta grados y accionó los cohetes. El tirón lo pegó otra vez al asiento y nuevamente la fuerza fue descendiendo hasta que el esquife quedó inmóvil, cayendo por el espacio interestelar junto con el Sol y el resto del sistema, junto con la galaxia, junto con el grupo local de galaxias hacia algún lugar del universo cuya relevancia era nula para el viejo y su esquife y su trozo de hielo, cada vez más pequeño.

•••

El muchacho no había ido con su tripulación por quedarse a esperar al viejo. Lo habían encontrado días antes con el radar, pero no respondía la radio. La compañía decidió no enviar ningún rescate porque la trayectoria del esquife llegaba hasta la estación. No le importó que lo vieran llorar cuando vio las mordazas abiertas sujetando un trozo de hielo que no pasaba de dos toneladas.

Aunque confuso, el viejo estaba consciente cuando lo sacaron del esquife. En la enfermería, el muchacho les ayudó a los enfermeros a quitarle la ropa manchada de vómito y diarrea, y sintió unas ganas inmensas de llorar al ver el cuerpo casi esquelético del viejo, la piel morena descolorida y llena de moretones, pero se contuvo porque los ojos negros del viejo estaban sobre él, y dentro de ellos brillaban alegres las estrellas.

—Ciento cincuenta toneladas.—Las encías le sangraban; al terminar la frase lanzó un gargajo sanguinolento sobre la sábana gris y sonrió.

—Sí, viejito, llegó más de la mitad—mintió el muchacho.—La de Perico y otras dos tripulaciones ya están por allá para revisar el otro sitio en su asteroide.—Eso era cierto.

El viejo cerró los ojos y asintió con la cabeza.

—Muy bien.—dijo.—Ahora voy a dormir un rato.

—Descanse, Santiago, sueñe con sus auroras.—La voz se le quebró al final de la frase.

El muchacho tomó su mano, sintió la piel delgada del viejo contra los huesos y no la soltó hasta que terminó de enfriarse y los enfermeros se llevaron el cuerpo.

Victoria Robert

# ECODISTOPÍAS

### Otoño

Una brisa sofocante arrastra la chamusca de la enramada. Las hojas arden. Los hermosos paisajes en bronces, verdes y dorados ya no están. Los esqueletos de los árboles sostienen sedimentos oscuros, como de grasa y mugre. Es un horizonte tenebroso untado de hollín.

La ventisca tizna los rostros enrojecidos de quienes sobrevivieron al verano. Caminan arrastrando los pies, colgando los brazos y con sus lomos encorvados. Como quien sabe que va a morir, pero anhela llegar a cualquier lugar donde encontrar algo de frío.

### Invierno

Hace varios días que esperan el frío, la congelación, la nieve, el aliento tibio al hablar. Pero nada, todavía hace calor. Mucho. Casi insoportable.

Las nubes se interponen entre el sol y los sufrientes, pero, por alguna razón, han empezado a cristalizarse y a caer sobre la superficie aplastando a quien esté en su línea de recorrido. Se rompen, algunas estallan y luego pasan de sólido a gaseoso sin irradiar ni un leve frescor. El frío se puede ver, pero es intocable. Un proceso acelerado, como el de la transpiración de los peatones que prefiere evaporarse antes que secarse sobre las pieles hirviendo.

Esperan, dispersos en las calles, lo más lejos posible unos de otros para que el calor del vecino no se agregue al propio. Esperan, acostados sobre los pisos a la sombra, para que el cemento no los calcine. Esperan, porque la energía que les queda solo alcanza para esperar.

### Primavera

No hay flores, ni olores dulces, ni mariposas. Todo se contempla desde una pesada gama de grises, polvo y arena. Llueve a cántaros, pero pareciera que el agua brotara de un volcán. Es un líquido espeso, rojo. Una hoguera fundida que golpea en gotas las calles, mientras las aves caen vencidas por el ahogo. Se escuchan los aullidos de los perros, corriendo en busca de refugios para descansar sus patas llagadas. Las fuentes en los parques públicos se han secado y no hay cómo reponer el líquido perdido a través del sudor. Algunos beben su orina, otros la sangre de los que acaban de morir.

Esta vez no hay flores. Y los que lograron llegar a la primavera, temen tanto a la irrupción del verano que han pensado en adelantar su muerte.

Aguantarán: todavía no saben que la esperanza es una estafa.

## Verano

El asfalto se incendia. Los peatones se mueven a brincos intentando eludir las llamaradas y poner sus pies a salvo de amalgamarse a la goma casi derretida de sus zapatos. Pero el sopor y el humo agota sus fuerzas y, cuando no pueden saltar más, se entregan a la combustión espontánea, a la fusión con las aceras hasta convertirse en polvo. Los que resisten, es gracias a una ira que los hace cachetear a quienes se les atraviesen en su camino.

Es violencia apelmazada con cenizas que no pudieron alzar vuelo. Son autómatas transformados en charcos de sudor a punto de evaporarse. Es el último verano en la tierra.

## El último juego

Dos niños, echados boca arriba, sobre la grama fresca de un parque, juegan a encontrarle forma a las nubes:

—¿Esa es un dragón?

—¡Sí, uno gigante!...¿Y esa otra?

—Un conejo ¡No!, mejor una ardilla.

—¿Y aquella amarilla, un árbol?

—¿Cuál?, no la veo.

—Allá — señala el más pequeño con su índice — Es mínima, debe estar muy lejos.

—¡Ah sí, ya la veo! Se parece más a un brócoli, pero no es amarilla, es como de color naranja — responde el mayor y agrega —Yo creo que es un hongo ¡Mira, ahora cambió a rojo!

—¡Quema!

—¡Si, quema mucho!

Eso fue lo último que alcanzaron a decir, antes de que la onda expansiva vaporizara todo a su paso.

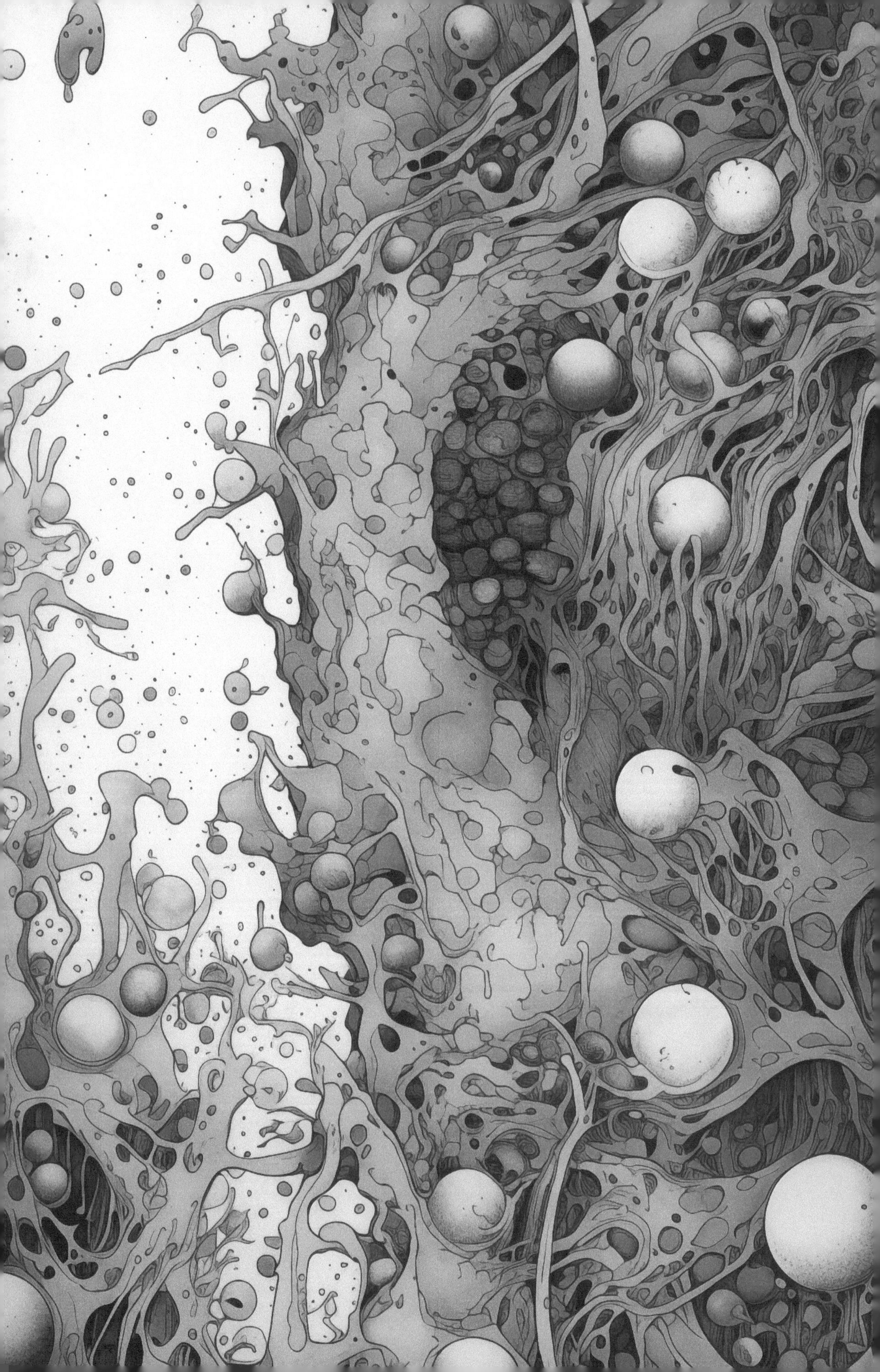

Victoria Robert

# LA CEGUERA DE QUIRÓN

## I

*Cansado, reventado, agotado y fundido...*

*Cansado, reventado, agotado y fundido...*

Esas son las palabras que Juan Gregorio repite en ritmo de responso cada vez que no aguanta más. Una especie de mantra que pretende remover las últimas migajas de energía para llegar al cubículo de médicos, echarse en la colchoneta y dormir un poco antes de volver a casa. Quiere evitar quedar atrapado entre los rieles del metro. Quiere zafarse de ser atropellado por un camión de basura; eludir vías que lo conduzcan a precipicios, a zanjas, a callejones sin salida. Quiere mantenerse vivo y sabe que sus fantasías catastróficas lo protegen. Pero a veces duerme de un tirón hasta el día siguiente, hasta la próxima guardia, hasta una nueva avalancha de pacientes.

Ser residente de emergencias en el último año de práctica, es una hazaña en la que, con frecuencia, se puede terminar resbalando. Los lunes se les ve saltando como ardillas por los corredores del hospital. Avanzada la semana, se van transformando en una especie de bichos rastreros; sus almas empiezan a derramarse por las ojeras y, mientras intentan nivelar un estrabismo transitorio, son capaces de enviar a sala de partos a un anciano con un cólico nefrítico, o a radiología a un borracho. Llegada la madrugada del jueves y, justo antes de ponerse a llorar, los pacientes ya se han convertido para los internos en verdaderas amenazas. Entonces se esconden, se escapan. Cuando esto sucede, se sabe que llegó la hora de buscar reemplazos.

Las salas de emergencia emanan un cóctel de olores que mezcla sangre, fenoles y un combinado de secreciones indescifrables. Pero aquel viernes en la tarde, cuando Juan Gregorio supo que su relevo no llegaría, y ensayaba una manera de moverse sin tener que gatear percibió un fuerte olor a baño público, como de carretera. Una inundación de aguas negras, además del acostumbrado colapso de fin de semana, quebraría cualquier posibilidad de cordura.

Sintió pavor, ahogo y un hormigueo afilado empezó a recorrer sus labios, piernas y brazos. Fue como si estuviera recibiendo una descarga eléctrica constante. La taquicardia, el pito en los oídos y la cefalea aguda le hicieron suponer que tenía una crisis hipertensiva o, tal vez, estaba sufriendo un paro. Nunca se había sentido tan cerca de la propia muerte. Tosió con vigor para generarse un masaje cardíaco mientras conseguía ayuda, pero se dio cuenta de que sus funciones cerebrales, casi pulverizadas por la exposición continua al estrés, se estaban activando otra vez. Podía pensar, y pensar bien. Supuso entonces que estaba viviendo un ataque de pánico en vez de un infarto y que la adrenalina estaba operando como un antídoto neuroquímico.

Casi llegando a los baños, incitado por la fetidez y el deseo de disipar el horror, Juan Gregorio abrió la puerta con los ojos cerrados para no ver lo que estaba oliendo. Descubrió que la fuente del hedor no provenía de las tuberías, que el baño estaba impecable. Entonces se dejó llevar por ese rastro penetrante y, acechando como una hiena, llegó hasta la entrepierna de una colega que yacía en el piso, desmayada, roja, hirviendo. Mientras gritaba «¡reanimación, esta mujer está entrando en shock séptico!», experimentó una densidad inquietante: un cúmulo de pesares, una vida que no le pertenecía. Y de inmediato, un subidón generalizado reinició sus funciones básicas, mejoró su discernimiento y acentuó su percepción.

Llegado a este punto, Juan Gregorio ya habría estado gimoteando por un reemplazo, pero el cansancio había desaparecido y una energía fresca renovaba su ánimo. Cuando los enfermeros levantaron a la joven para acostarla en la camilla, Juan Gregorio, pudo observar que, de las articulaciones de uno de ellos, brotaba un brillo naranja que ardía en sus ojos. Podía sentirlo con tal certeza que pensó que el enfermero tal vez estaba desarrollando un cuadro agudo de reumatismo. A él también le empezaron a quemar las coyunturas y llegó a experimentar un inmenso deseo de lanzar golpes y patadas; tenía una furia contenida que lo tentaba a destruirlo todo y, a su vez, otra fuerza interna que lo detenía.

Mientras corría a buscar un respirador para la paciente, la vida cotidiana en sala de emergencias transcurría como de costumbre: los enfermos esperaban, los sanitarios inyectaban, los de recepción atendían llamadas. Pero Juan Gregorio estaba viviendo otra experiencia en paralelo. Desde un espacio que parecía sellado al vacío, en medio de pensamientos atropellados que buscaban entender lo que le estaba ocurriendo, justo en el pasillo principal, tropezó de frente con una joven que caminaba con el pecho abierto y su corazón perforado. Pudo ver con mucha nitidez cómo lucía el dolor de aquella joven a la que, tal vez, le habían roto el corazón. Sintió su tristeza; como si su duelo se extendiera hasta él, como si estuviera absorbiendo ese dolor para decantarlo. Era un desaliento inagotable. La euforia que había conseguido segundos antes, se extinguía por la desolación que ahora compartía con la chica.

A duras penas encontró el respirador y lo llevó al cubículo en donde estaban tratando a la paciente con sepsis renal. Luego se escurrió hasta la primera colchoneta que encontró libre en la habitación de los médicos y se desvaneció.

II

Ya en su casa, anheló sentir otra vez aquel asalto de vitalidad, lucidez y percepción elevada. Imposible que se haya tratado de un delirio. No. Se negaba a aceptar una deducción tan mediana. Aprovechó para ducharse mientras esperaba por el café y construía alguna hipótesis que pudiera explicar ese fenómeno. Quería repetirlo, apropiarse de él, perfeccionarlo.

Goyo, como le decían desde niño, además de querer ascender en la jerarquía médica, como cualquier otro residente, fue un joven con un don de servicio excepcional. Pero el estrés al que se había sometido durante tantos años, lo hizo odiar a los pacientes y dudar de su vocación. En cambio, este episodio le estaba devolviendo la pasión perdida y el cariño hacia sus enfermos. Empezó a hurgar en sus recuerdos. Sabía que un repaso meticuloso de los últimos días, lo guiaría hacia el encuentro con esa especie de Santo Grial del presagio.

El pistilo de la greca empezó a escupir el café y el aroma desplazó, por unos instantes, las especulaciones de Goyo. Apenas alcanzó a tomar la toalla para ir secándose camino a la cocina. Estaba tan distraído en sus pensamientos, que no le dio importancia a lo que el espejo reflejaba de su cuerpo. Presintió que en algún momento su salud terminaría afectada, pero decidió darle largas.

La primera dosis de cafeína era sagrada para Goyo. Con ese estímulo inicial, preparaba un «ponche activador», mejorado a lo largo de su carrera, que le había permitido resistir el peso de sus largas guardias. Cuando libraba, como aquel lunes, solía dormir veintidós horas seguidas y descansaba su organismo de esa «bomba» de estimulantes. Pero esta vez dedicaría ese día a la investigación. Así que, además del ojo de buey, las tres patas hervidas de gallina, los 250 ml de bebida energética, los 600 mg de antigripal *forte* y los 40 mg de anfetas, agregaría a su receta, 800 mg de neurobasal *plus*, un poderoso oxigenante cerebral. Hacía tiempo que le había dejado de preocupar el uso abusivo de medicación. Y hoy, más que nunca, necesitaba hacer memoria y rescatar todos los detalles posibles de ese fin de semana y días previos.

Por fortuna para esta ocasión, Goyo podía sacar ventaja de su talante rutinario: siempre, después del baño, secaba primero su cabeza y de último los pies; se ponía el uniforme de todos los días, tomaba su potaje acostumbrado, se topaba con la misma gente y su recorrido hacia el hospital era el más corto, el más rápido y el más alejado del alboroto de las calles. Conseguir elementos que estuvieran fuera de su estilo de vida sería sencillo.

Después de beber su elixir, se dispuso a desempolvar el método científico para recopilar y clasificar toda la data: lo que hizo y lo que no, con quiénes interactuó, lo que consumió, cuántos cigarrillos fumó entre paciente y paciente, las veces que fue a la colchoneta y los lapsos que dormitó durante sus guardias. Estaba convencido de que en las preliminares podía estar la clave para descifrar ese chispazo en su percepción. Convirtió una de las paredes de su sala en una pizarra. Fue dibujando y pegando *post its*, para ir trazando un mapa de su ruta hacia su primer evento extra sensorial. La única evidencia que encontró, fue el miedo: en ese ataque de pánico en el que creyó morir, podía estar la punta de la madeja.

Ahora se encontraba frente a un laberinto: ¿Cómo reproducir una experiencia que se sostenía en la sorpresa? ¿Cómo planificar lo imprevisto?, ¿cómo generarse un miedo genuino sabiendo, por anticipado, que lo iba a sentir? Asumió que todo lo que vendría a continuación no se podría repetir de manera exacta. Sin testigos, ni instrumentos de medición o registro que pudieran darle algún tipo de apoyo, sería una tarea compleja y, sobre todo, imprecisa.

Cuando cayó la noche, apenas había tenido tiempo para decidir las acciones del día siguiente. Sabía que tenía que dormir al menos ocho horas. El sueño previo, así como el agotamiento posterior, eran variables a considerar dentro de su plan. Necesitaba dormir sin drogas, despertar a tiempo para beber su elixir y reproducir un día idéntico al martes anterior. Y luego al miércoles y al jueves, hasta acumular el cansancio característico de los fines de semana. Solo así conseguiría las mismas vivencias de aquel episodio.

## III

El viernes fue un día importante. Si no fuese por su brebaje, sus rodillas hubieran cedido hasta terminar reptando por los pasillos de la Emergencia. Arrastraba los pies y se tropezaba a cada rato. Lloraba. Estaba en el punto exacto en el que se detonó el primer evento, pero no conseguía pasar el umbral.

Era de madrugada cuando salió a la calle por un cigarrillo y empezó a caminar sin rumbo. Iba pensando que, cuando estaba tan cansado como en ese momento, su estado de alerta se desactivaba, perdía la voluntad y eso lo hacía correr riesgos. De repente, escuchó un frenazo y lo sorprendió un automóvil deteniéndose a pocos centímetros de sus piernas. Había estado caminando en el medio de la autopista, en sentido contrario. Sintió un pito en los oídos, la taquicardia, aquella sensación de estar dentro de una cámara al vacío y el miedo. Finalmente, el ansiado miedo. Y pensó que en la inminencia de la muerte podía estar la clave.

IV

Corriendo hacia el hospital, sintió el *rush* de dopamina y su energía a tope. Se apresuró para afianzar la secuencia que había ido decantando. Repetía cada palabra como un niño recordando el mandado: «agotamiento, inercia, vulnerabilidad, exposición, inminencia de la muerte y miedo». Imaginó, pellizcado por la ambición, que este hallazgo tal vez podría ser s u legado a la ciencia. Y aseguró: «El cansancio es básico, porque bajó mis resistencias racionales y me ha permitido maximizar el polo intuitivo».

Justo antes de entrar a emergencias, su reflejo en los ventanales de recepción fue elocuente. Pero cegado por la fascinación de lo que podía encontrar en otros, una vez más, dejó pasar la imagen que señalaba la desproporción entre su cabezota y su cuerpo, casi atrofiado.

Quiso corroborar la metamorfosis de su percepción pidiendo a gritos a un paciente. Quería olerlo. Y justo al final del pasillo, frente a la puerta central, había un anciano con la mirada perdida, lenta, incompleta. Se lanzó en caída libre, como un pelícano en cacería, hacia el rostro bañado en llanto del paciente. El viejo no sabía trasmitir su angustia, pero Juan Gregorio la podía sentir. Se detuvo de golpe para acercarse con cautela y pudo ver que su corteza prefrontal, ese baúl del recuerdo, estaba arrugada, seca, casi muerta.

—Abuelo, estás perdido ¿verdad? —le dijo con ternura— ven, dame la mano, vamos a dormir un rato hasta que encontremos a tu familia.

Pero el anciano se empotró en un rincón. Por encima de sus alaridos, Juan Gregorio pudo escuchar ruidos y voces que salían de los oídos del viejo, como si se estuvieran reproduciendo en diferido. Eran golpes, insultos, maltratos. Voces tenebrosas. Humanas, pero con acento de bestias.

Goyo quiso abrazarlo, pero se detuvo al sentir el eco del dolor por los hematomas del viejo y el calambre en el estómago por falta de alimento. Comprendió su orfandad y, al igual que el abuelo, se orinó.

—¡Viejo! —insistió buscando afinidad— ¡Mira, no eres el único que necesita pañales!

El anciano alzó sus ojos hacia la mirada conmovida de Goyo y después, al caramelo de fresa que éste le ofrecía:

—Ya sé lo que te pasa, abuelo. No dejaré que te vuelvan a tocar. Tranquilo.

El anciano estiró la mano desde su refugio improvisado, tomó la golosina y se dejó llevar hasta uno de los cubículos en donde podría comer, dormir y estar a salvo hasta que algún funcionario se encargara del caso.

V

Goyo salió del compartimiento hecho añicos. Necesitaba descansar el alma, ponerla a respirar. Pero apenas asomó la cabeza, se encontró con una escena entre dos colegas que lucían apacibles, seductores. Sin embargo, Juan Gregorio sintió hostilidad y percibió una mezcla de aspereza y nerviosismo contenidos. Aunque él sonreía y le acariciaba un mechón de pelo, Goyo olfateaba un drama oculto: Fernando la acorralaba contra una pared y, mientras una mano le jalaba el cabello, con el índice de la otra, como un pájaro carpintero, percutía la frente de Susana y soltaba ofensas a *sottovoce*. Ella, tras su máscara de normalidad, cubría sus ganas de morderlo o matarlo porque estaba indefensa. Juan Gregorio se les acercó y le pidió a Susana que lo acompañara hasta anatomía patológica porque «los resultados del paciente del cubículo diez han tardado mucho y necesito tu opinión». Ella se dejó rescatar. Entretanto, Fernando se quedó solo en el medio del corredor, silenciando dentro de su torso presumido, a un niño frustrado al que le latían las sienes.

—Tómate la tensión. Debes estar rondando valores peligrosos. Estás al borde de un *ictus* —le dijo Juan Gregorio desde el extremo opuesto, antes de perderse de vista.

Lo mismo hizo con ella. Después de dejarla en un lugar seguro, le sugirió que atendiera su gastritis erosiva porque estaba a punto de hacer una úlcera.

—El *omeprazol* ya no te está haciendo nada, Susana. Además, tienes los nervios en punta. Y aunque no quieras, deberías dejar a ese imbécil.

Susana no entendió cómo Juan Gregorio había sido capaz de adivinar lo que le estaba ocurriendo. Ni tampoco Goyo que, además de acceder a las patologías de las personas, podía sentir sus heridas emocionales.

El cansancio lo volvió invadir. Ya era domingo. Su comunión con los pacientes lo desgastaba más, pero sospechaba que ese, podía ser el umbral de la intuición. Sabía que cuando durmiera, su percepción ampliada desaparecería por unos días hasta volver a estar pulverizado y aterrado. Una epifanía le devolvió el ánimo: dejaría de tomar su elixir para precipitar los acontecimientos y dedicaría su día libre a delinear prácticas seguras que lo aproximaran a la muerte. Necesitaba ver más, probar más, aprender más.

## VI

El café y la ducha fueron los únicos estimulantes de Goyo en esta ocasión. Ese segundo lunes estaría dedicado a la clasificación, análisis y nuevas hipótesis. Nada de anfetas ni oxigenantes cerebrales. La idea era trabajar hasta un poco antes de sucumbir y generar el colapso de la manera más rápida posible. En esta oportunidad, tocaba la planificación cuidadosa de sus «próximas autolisis reguladas». Era alérgico a las leguminosas, por lo tanto, una vez conseguido el nivel necesario de *agotamiento* y activada la *inercia*, entraría en *vulnerabilidad* y pondría en marcha la *exposición*, comiendo un puñado de maní para acercarse a la *muerte*. Debía esperar por el edema de glotis, hasta que el *miedo* nadara por todo su sistema, antes de inyectarse la epinefrina que lo sacaría del *shock* anafiláctico. Luego, dar tiempo a que el fenómeno perceptivo se desencadenara y así traspasar ese portal intuitivo.

Los días sucesivos estaban organizados en una agenda autolesiva versátil y arriesgada, pero cuidando la seguridad de los antídotos. Todos, procedimientos que se podían controlar y revertir, si se ejecutaban con cautela.

Goyo se arrastró a una experiencia de vértigo en bucle. No solo por su capacidad de atravesar a los pacientes, sino porque la sobreestimulación generó pinchazos persistentes en todo el cuerpo, que desataron una mega- inter -vigilancia, insostenible en el tiempo. Estar cerca de la muerte tantas veces seguidas, lo llevó a terrenos sensoriales monstruosos. Se adentró en una vida capaz de aguijonear y desmembrar, hasta querer arrancarse la piel.

Ahora su vida orbitaba alrededor de una muerte que le revelaba lo vivo que estaba y lo mucho que eso le dolía. Su existencia se había transfigurado en la suma de todos los sentires humanos. Se arrepentía. Su emoción por sistematizar el encuentro con la intuición, el poder de predecir el futuro en beneficio de los sufrientes, se disolvía cada vez que percibía un nuevo olor, un crujido, un órgano a punto de estallar. Además, en su camino hacia las sombras, había sido desenmascarado: la intuición, que era un tipo de inteligencia de naturaleza misteriosa, sabía cómo escabullirse a sus deseos vanidosos de confirmar la veracidad de sus deducciones. «Tocar el poder enferma y hay cosas que no se pueden controlar», creyó escuchar de la muerte en una de sus visitas.

## VII

Decidió parar, pero había trasgredido leyes que hacían irreversible su capacidad extra-perceptiva. Ver más allá, dejó de ser una secuencia de episodios voluntarios y transitorios, forzados por el atropello a su sistema inmunitario. Era un estado permanente que lo hizo desear la muerte definitiva. A la par de sus cavilaciones, veía cada vez más microbios, bacterias y todo tipo de bichos recorriendo el torrente sanguíneo de colegas y pacientes. Los más deformes, los que hacían expeler a sus anfitriones un olor viciado, eran de gente perversa. En cambio, los que portaban parásitos, o gérmenes redondeados, conformaban una biósfera noble. Los casos más comunes, eran los amordazados por su propia estructura muscular, comprimida por un miedo añejado. Pero los que tenían el hígado agrandado, eran animales heridos de rabia, capaces de aniquilar los mejores mundos. Todos, seres inconclusos, un ovillo de anhelos perforados por donde se les filtraba la vida.

## VIII

Fueron días tan violentos que parecieron años. Cuando Goyo regresó a casa empezó a darse cuenta de su ruina. Cansado de ver enfermedades, en vez de seres humanos, agotado de palpar vacíos ajenos, por primera vez, pensó en los propios. Sintió un frío violáceo y una soledad de vampiro. Se acercó a aquel espejo olvidado en su habitación, y descubrió en él su cuerpo consumido y su alma hambreada. La lentitud de sus movimientos era proporcional a la dureza de su piel verdosa. Al verse: cerró los ojos, respiró lento, profundo, sintió la plenitud del aire entrando en sus pulmones y se desplomó.

Rui Santos-Simoes

# LA ESTACIÓN ALEPH

Los relojes de la estación están calibrados para encender las luces de los dormitorios de manera gradual, desde la completa oscuridad hasta un blanco cálido, durante ocho minutos exactos, y luego a luz de día, los siete minutos siguientes, al tiempo que suena música instrumental suave que cambia cada semana, para garantizar un despertar de la manera más armónica. Es el único método seguro para controlar el ciclo circadiano de los nativos espaciales.

El proceso se complementa con la contraparte al ir a dormir: Una cápsula de Melazinc-160, y un generador de ruido blanco durante quince minutos, a medida que la luz del dormitorio baja hasta dejarlo en oscuridad y silencio absolutos.

Fernanda pertenece a la primera generación de humanos que no ha vivido la experiencia de dividir los días en dos períodos separados por el movimiento aparente del Sol, saliendo por el este y ocultándose por el oeste, ni el año en estaciones, marcadas por la duración relativa de los períodos de luz y oscuridad en un día. Para esta generación, la llamada Generación Beta, estos son conceptos ajenos que alguna vez le han escuchado a sus padres o leído en la biblioteca digital de la estación. Los días se dividen en períodos de veinticuatro horas contadas por medio de un reloj atómico de Cesio, por pura convención y compatibilidad con la Tierra.

La rutina de cada mañana consiste en consumir una bebida de proteínas, vitaminas y minerales esenciales, luego cuarenta y cinco minutos de entrenamiento físico en los aparatos mecánicos en la zona común de los dormitorios, para terminar con otros veinte minutos de aseo personal. Dos horas después de despertar ya todos deben estar en sus puestos de trabajo asignados.

Años atrás, los padres de Fernanda se postularon para formar parte de la primera ola migratoria de la Tierra al espacio, para trabajar en la estación de manufactura orbital Aleph, en el punto L1 de la órbita marciana, procesando materia prima de Fobos, Deimos y algunos asteroides mayores como Ceres. Ambos llegaron como supervisores de línea y, para el momento en que nació Asdrúbal, el hermano mayor de Fernanda, ya eran jefes de sección en la estación.

El único vínculo directo de Fernanda con el planeta de sus padres eran las conversaciones con sus abuelos mediante videos asíncronos que solían intercambiar una vez por semana. Fernanda disfrutaba especialmente los videos del abuelo Jaime, con sus historias de vida fascinantes que mezclaban realidad con inventiva y la hacían soñar despierta con la posibilidad de vivir en la Tierra y de cómo se sentiría eso.

A diferencia de Asdrúbal, que nunca se sintió vinculado con la Tierra, Fernanda desde su infancia había vivido con una suerte de obsesión con sus antepasados, así como con la historia antigua. Con todo aquello que ocurrió antes de que la humanidad ni siquiera pensara en que vivir en el espacio era posible. En su familia, Fernanda era la hermana menor, la *nerd* y, además, un poco *hípster*.

Aquel día comenzaría como todos los demás: quince minutos de despertador, bebida proteica, cuarenta y cinco minutos de ejercicios con sus vecinos de dormitorio, aseo personal para poder presentarse puntuales en sus puestos de trabajo… y entonces, la rutina que venían llevando a cabo de la misma manera durante toda la vida, se vería interrumpida de golpe. En el pasillo de comunicación hacia la sección Kepler-2 se comentaba que el analista Servando Luzardo había aparecido muerto en su dormitorio de la sección Hypnos-3B. Los rumores eran de diversa naturaleza, desde que habría fallecido a causa de un accidente, hasta que lo pudo haber asesinado durante la noche un compañero, o hasta un amante. Los más osados llegaban a afirmar que el asesinato había sido muy sangriento y que al muerto le faltaban el corazón y el hígado.

Las secciones Kepler-1 y Kepler-2 fueron clausuradas durante el próximo período de trabajo y se activó protocolo de día de descanso, moviendo a todo el personal a la sección de observación Galileo. Todos esperaban que se iniciara algún tipo de investigación de inmediato.

—¿Alguno de ustedes era amigo de Servando?—, preguntó Asdrúbal a los demás que estaban sentados en su mesa.

Servando Luzardo traía consigo una historia bastante peculiar desde la niñez. Como todos en Aleph, había nacido en el espacio y sus padres formaban parte de la primera generación de emigrados, la Generación Alfa. Lamentablemente, también fueron los primeros en fallecer en esa estación espacial. Una noche, cuando Servando tenía ocho años, sus padres se fueron a dormir y ya no despertaron más. Servando creció siendo un muchacho inteligente, estudioso, pero también solitario y taciturno. Además, sobre todo entre los otros niños, se rumoraba que

Servando tenía una maldición y que por eso habían muerto sus padres de aquella manera. Ya al crecer esa creencia infantil se diluyó, pero el prejuicio permanecería latente en el inconsciente colectivo de la estación. Los pocos que eran sus amigos lo eran casi en secreto, porque temían acabar contagiados por el mismo estigma si los demás se llegaban a enterar.

—Mi último año de preparación antes de trabajar en Kepler estudiamos juntos, pero como era tan retraído nunca nos relacionamos demasiado, la verdad—, contestó Facundo, visiblemente perturbado por la noticia, aunque intentando no mostrarse muy cercano al fallecido.

—¿Ustedes creen que la cosa haya sido tan fea como dicen?—, lanzó Rosalba al aire, —¡con eso del corazón y el hígado y el sangrero!

Facundo y Rosalba eran primos. Rosalba era hija única y unos pocos años mayor que su primo. Facundo tenía un hermano menor que todavía era estudiante. De aquella familia la alegre era Rosalba, siempre despreocupada, ruidosa y sociable. Facundo era más bien serio, formal y profesional. Sin duda era menos extrovertido; pero eso sí, todos los que se relacionaban con él de alguna manera coincidían en calificarlo como un buen amigo.

—La gente inventa muchas vainas, pero yo no creo que nadie haya visto el cuerpo como para saber esos detalles—, interrumpió Asdrúbal.

Fernanda, después de quedarse pensativa un par de segundos, murmuró como para sí misma:

—Esto se me parece tanto a una de esas historias del abuelo Jaime...

Mientras los demás la miraban con curiosidad, Fernanda hacía memoria, intentando recordar cómo era que iba aquella historia, entre las muchas que su abuelo le había contado en video, donde figuraba un asesino atroz que destripaba a sus víctimas. En un punto sus ojos se iluminaron, tomó dos sorbos de agua y comenzó su relato:

—El abuelo contaba que hace muchos años, cuando él era joven, antes de casarse con la abuela, en una ocasión venía regresando de una fiesta en la plaza del pueblo. Caminaba tambaleándose, entre borracho y somnoliento, cuando escuchó un silbido, fuerte y muy cerca, casi en la pata de su oído derecho. El sonido lo espantó tanto que se espabiló de la borrachera y comenzó a caminar rápido. Pero apenas lograba avanzar unos pocos metros, volvía a escuchar aquel mismo silbido, cada vez más aterrador. Después de que esto pasara tres o cuatro veces se paró en seco, se dio la vuelta y comenzó a rezar mirando hacia la oscuridad: «Ave María purísima, sin pecado concebida, perdónanos, divina madre de Dios…». Y de nuevo volvió a escuchar el silbido, pero muy lejano en esta ocasión, casi imperceptible, y se le erizaron todos los vellos del cuello y los brazos. Del callejón a su derecha salieron dos perros ladrando con furia hacia la misma oscuridad a la que él miraba aterrado, sin lograr ver nada. Si no hubiera estado tan asustado por los silbidos horrorosos, se habría aterrado con la intensidad de los ladridos. Los perros lo acompañaron hasta su casa, casi pegados a sus piernas, y volteando cada tanto para gruñirle a algo invisible que parecía seguirlos de cerca.

Se habían juntado ahora otras cuatro personas de la mesa contigua. Fernanda continuó su historia.

—Contaba el abuelo que esa noche lo que lo asechaba, aunque nunca lo vio materializado, fue El Silbón. El alma en pena de un joven maldito que, aseguraban, había asesinado a su propio padre para luego sacarle las vísceras y comérselas…

—¡Como a Servando!—, interrumpió una de las que había venido de la mesa de al lado.

—¡Eso son rumores nada más! ¡Por lo menos respétenle algo de su dignidad al muerto!—, interrumpió Facundo, ya un poco exasperado.

—Bueno, el cuento no termina ahí —prosiguió Fernanda—, resulta que El Silbón camina en las noches a la deriva, cargando una bolsa con los huesos de su padre. Esa es su maldición, vagar cargando con esos restos como si fueran un sonajero que traquetea al ritmo de sus pasos, hasta encontrar a otra víctima, comerse sus vísceras y meter más huesos en su colección espeluznante…y al parecer a lo único que le tiene miedo es a los ladridos de perros bravos.

—¡Pues qué mal que no haya perros en la estación!—, interrumpió esta vez uno de los mirones que había llegado de otra mesa, en tono entre sarcástico y burlón, aunque sin duda, también asustado.

—¿Por qué le llaman «Silbón»?—, preguntó Rosalba, ya bastante sugestionada por la narración.

Fernanda continuó.

—Lo llaman Silbón porque se manifiesta primero ante sus víctimas solo con un silbido, como si las estuviera llamando. Se dice que, si escuchas el silbido cerca y fuerte no es peligroso, porque indica que el Silbón está lejos. Pero si lo escuchas muy lejano sí debes asustarte, porque en ese momento es cuando lo tienes muy, muy, muy cerca de ti. Las pocas personas que han llegado a verlo, y sobrevivido para contarlo, lo describen como un hombre muy alto y delgado, que puede llegar a medir seis metros, y que usa un sombrero de ala ancha.

El sonido agudo de la doble campanada seguido del repentino abrir de las puertas automáticas sobresaltaron a los presentes en la sala, inmersos como estaban en la historia. Un supervisor de seguridad entró acompañado de dos agentes. Para sorpresa de todos no mencionó ninguna investigación, pero les indicó que no habría actividades de trabajo durante el resto del primer turno y que debían ir a la sala de asambleas para recibir información directamente del Capitán General.

•••

La estación Aleph, como todas las de la serie B, estaba conformada por secciones que a su vez se dividían en subsecciones. Las secciones Kepler y Copérnico contienen las áreas principales de trabajo. De la misma manera, Hypnos era la sección de dormitorios, Galileo era un mirador espacial y área de recreación, mientras que Newton y Leibnitz albergaban la educación básica y la educación científica-técnica, en ese orden. Laplace era la sección donde funcionaban los órganos de gobernanza de la estación y contaba con el único anfiteatro de alta capacidad para recibir a los residentes en las contadas ocasiones que esto fuera necesario.

El único órgano de gobierno relevante era la Capitanía General, conformada por un Capitán, un Primer Oficial y un Segundo Oficial. De este órgano dependían todas las ramas de manejo de la estación en su día a día: suministro de alimentos, control de infraestructura, atención de salud y supervisión de estudios, trabajo, convivencia armónica y seguridad.

Cada período de trabajo de veinticuatro horas en la estación se dividía en cuatro turnos diarios, con pausas de descanso entre ellas, y una pausa mayor entre el segundo y tercer turno para una comida principal. Al final de la jornada de trabajo había tiempo de descanso, una última comida y la rutina de cierre del día antes de dormir.

•••

La reunión con el Capitán General no incluyó demasiadas novedades. Sentados en el auditorio escucharon a la máxima autoridad informar que el analista Servando Gabriel Luzardo Rojas había fallecido de manera accidental, pero que no había razones para alarmarse. Aprovechó su charla de una media hora para explicar que, aunque ellos no estaban acostumbrados a la experiencia de estar en contacto con la muerte, a medida que pasara el tiempo iban a presenciar más fallecimientos, bien fuera por accidentes, enfermedades o causas naturales, porque de manera natural la población de la estación envejecerá, morir es parte natural del ciclo de la vida, y unas cuantas cosas más acerca de la mortalidad humana que ninguno de los jóvenes se había planteado antes.

Por fin, les indicó que volverían a la sección Galileo hasta la hora de la comida y que los dos turnos siguientes se trabajarían de manera regular. El resto de la jornada transcurrió de manera en apariencia normal, aunque en sus terminales de trabajo nadie estaba del todo tranquilo. El mensaje del Capitán General parecía normalizar demasiado la situación, que para ninguno de los nativos espaciales era natural.

Fernanda nunca había pensado en el carácter tan definitivo que tenía la muerte y recién ahora caía en cuenta de que sus abuelos en la Tierra se habían ido para siempre, a pesar de que había sabido del fallecimiento de todos ellos durante los últimos tres años.

Rosalba no podía sacar de su mente la imagen obsesiva y recurrente de un cadáver descuartizado y aquel dormitorio lleno de sangre, aunque había pasado el día repitiéndose a sí misma que lo más probable es que las cosas no hubieran ocurrido de esa manera.

Facundo se pasó la tarde lamentando la paradoja de vivir en una estación espacial con un grupo limitado de gente, y que aun así nadie sepa casi nada acerca de los demás. Que al morir casi nadie pueda llorar por ti, o contar buenos recuerdos y vivencias, en lugar de escuchar una dudosa leyenda rural sobre un espanto en la Tierra.

Asdrúbal pensaba en las palabras del Capitán General y en esa posibilidad que no había considerado antes, de que sus padres algún día también envejecerían, enfermarían, morirían, y no estarían más con ellos. Que en algún momento él y su hermana también morirían, y que cualquier huella de ellos en este universo sería borrada por el olvido.

Durante la cena y el tiempo libre antes de ir a dormir hubo un silencio inusual, a pesar de algunos intentos tímidos por iniciar conversaciones, pero cada uno de los presentes, de manera inevitable, volvía a sus cavilaciones internas y a sus propias angustias.

• • •

Ya en su dormitorio, Facundo tomó la cápsula diaria de Melazinc-160, y finalizó su rutina de dormir encendiendo su generador de ruido blanco.

Durante los quince minutos siguientes, mientras se iban atenuando las luces, aún estaba procesando los eventos del día. Ahora pensaba en lo escueta que había sido la información oficial sobre la muerte de Servando, y la incapacidad de las autoridades al intentar hacer frente a los rumores escandalosos y malsanos.

Pensó que nadie conocía tan bien a Servando ni tenía la misma cercanía con él. Pero por lo secreto de su tipo de relación no podía exigir mayores explicaciones a nadie. La tristeza le había atormentado durante todo el día. Por momentos llegó a sentir cómo se asfixiaba por la ansiedad, y en más de una ocasión dejó salir algún suspiro para aliviar la angustia.

Tan sólo un par de segundos después del apagado del generador de ruido blanco, y ya en total oscuridad, comenzó a escuchar un sonido idéntico al que, cuando eran pequeños, hacía su hermano menor al caminar llevando su gran bolsa llena de piezas de Lego. Pasó un buen rato tratando de identificar el sonido y su origen, pero sin ningún éxito. No era normal escuchar nada después del *blackout* diario.

Entonces escuchó también, muy a lo lejos, un leve silbido.

«Qué mal que no haya perros en la estación…», fue lo último que alcanzó a decir.

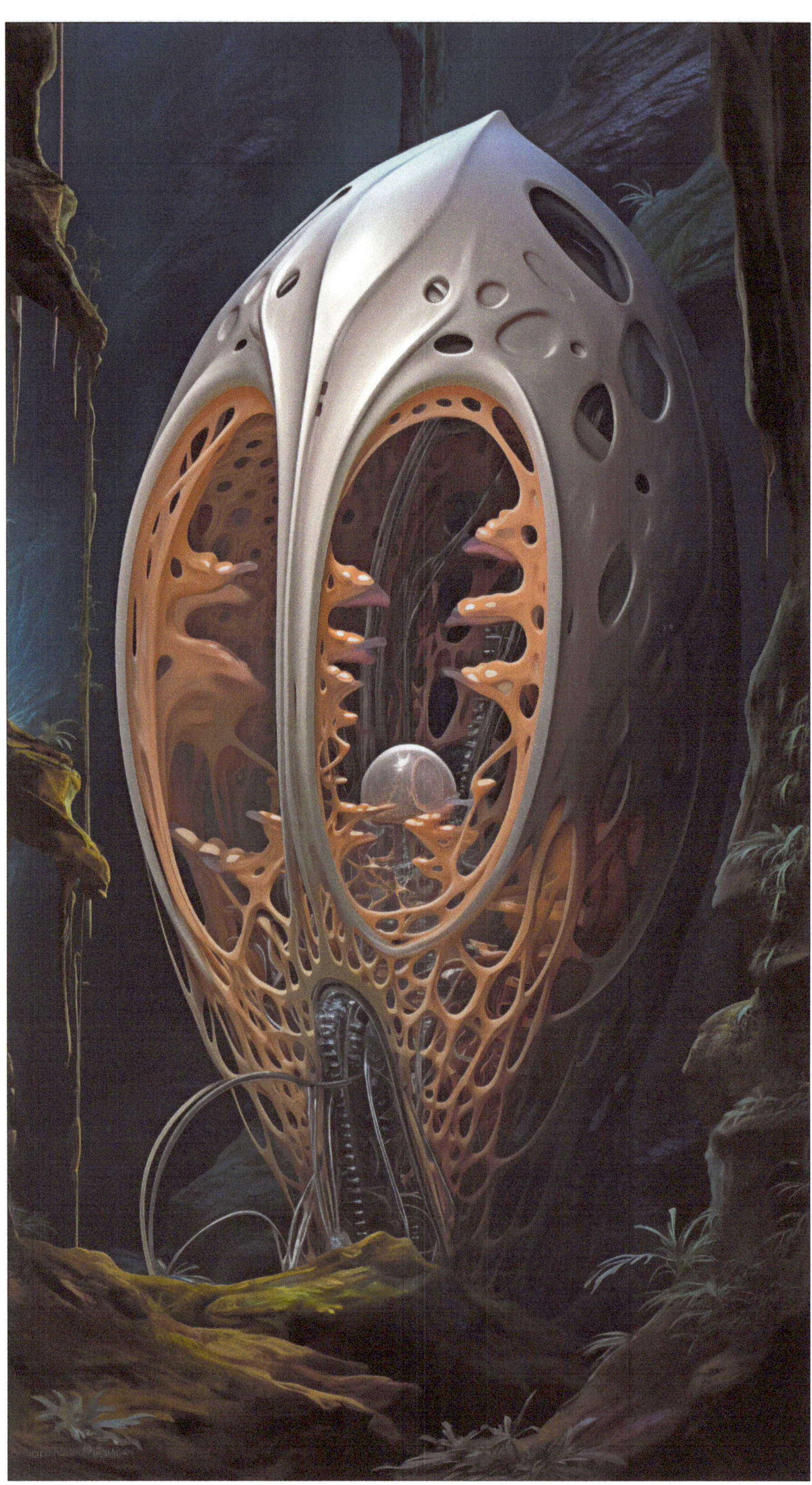

Rui Santos-Simoes

# METAMORFOSIS

Este recinto es amplio y bien iluminado, con potentes luces blancas. Mi espacio de confinamiento es un cubo transparente como de cuatro metros de lado y de su parte superior cuelga algo que llaman un robot de sondeo. Desde que me encontraron, el equipo de investigación me estudia con una curiosidad casi infantil, maravillados ante cada nuevo descubrimiento, aunque después de varios meses sepan justo lo mismo que sabían el primer día: casi nada.

Desde el otro lado del cristal se dedican a jugar con los brazos del robot. Me pinchan para ver mi reacción, me inyectan muchos tipos de sustancias que no conozco, extraen fluidos de mis órganos internos, y también me han quemado y aplicado electricidad. Sin ningún tipo de consideración. Como si no tuviera conciencia, inteligencia o sentimientos.

Además del equipo de investigación, en este lugar trabajan más personas, supongo que en otros experimentos o en tareas que no tienen que ver conmigo. Cuando pasan cerca de donde estoy puedo notar que me miran con asco y repulsión. A algunos, los más religiosos, incluso los he escuchado orar en voz baja, pensando que soy un signo del apocalipsis bíblico, que la humanidad lleva miles de años esperando y que, por ahora, sigue sin llegar. Otros piensan que es una pérdida de tiempo estudiarme, que no soy más que un accidente evolutivo, un insecto sobredimensionado producto del cambio climático, y que por eso deberían exterminarme, desecharme y olvidar mi existencia.

Hablan de mí sin importar que los pueda escuchar de este lado del cristal. Todos suponen que no puedo entenderlos, porque carezco de cualquier capacidad comunicativa o intelectual. La realidad es que no sólo los escucho, sino que además puedo sentirlos. Puedo entender sus pensamientos y también sus sentimientos. El asco, la curiosidad, la fascinación, el miedo.

Cuando hacen sus pruebas sobre mi cuerpo, puedo saber quiénes están asustados, quiénes están maravillados ante una criatura antes desconocida, e incluso sé que una de ellas, en secreto, siente placer cuando me aplican electricidad o me queman hasta hacerme gritar para, según ellos, entender mis umbrales de dolor.

•••

Hace ocho semanas me encontraron en un campo de almendros, a la sombra de uno de los arbustos. Estando en una fase temprana de mi desarrollo, el jornalero que me encontró pensó que era una araña gigante, a la que le faltaban algunas patas, así que llamó al caporal y éste al centro de Control de Animales. Desde el desastre ecológico de Nagoya hacía cuatro años, cualquier aparición de un animal desconocido debía ser reportado a Control de Animales de inmediato.

—¡Es una abominación! Seres así no deberían existir, es antinatural.

—Una criatura del infierno, sin duda.

—Debe ser otro experimento de los laboratorios de Sídney.

Estos fueron algunos de los comentarios que escuché al llegar al laboratorio. En ese entonces todavía no entendía el significado de las palabras, pero ya podía registrarlas en mi memoria.

•••

El mismo día en el que el huevo del que eclosioné llegó a este planeta, cientos de otros llegaron también, todos en zonas deshabitadas o en los océanos. La mayoría de los humanos no son conscientes de la gran proporción de su mundo en la que no hay ningún tipo de presencia de seres de su especie, y en los que es posible pasar desapercibidos. Vastas sabanas, selvas y bosques, u océanos inmensos, son todos lugares ideales para hacerse invisibles al ojo humano.

De acuerdo con el plan, yo debía ser capturado y llevado con los humanos para comprender como reaccionarían ante nuestra presencia, y aprender sus mecanismos de control social y de supervivencia. Luego, llegado el momento, debo entregar ese conocimiento a los demás. Mientras tanto, los otros huevos han eclosionado también, y todos mis hermanos han comenzado a cazar, alimentarse y hacerse más fuertes.

En nuestra especie, todos los hijos de una misma madre portamos conciencias entrelazadas. Lo que los humanos llamarían telepatía, aunque es bastante más complejo. Todo lo que estoy aprendiendo, más adelante lo sabrán todos mis hermanos, cuando pasemos por nuestra metamorfosis.

•••

En unas semanas, mi cuerpo comenzará a producir una seda que formará un capullo, y dentro del capullo se terminarán de desarrollar mis músculos y órganos reproductores, madurará mi aparato sonoro, y la glándula de entrelazamiento de conciencia comenzará a funcionar.

Pasada la metamorfosis, podré liderar a mis hermanos hacia nuestro destino. Juntos y ya adultos, nuestro número crecerá de forma exponencial y nuestra superioridad física e intelectual nos permitirá tomar el control.

•••

Antes de que la Tierra complete su próximo ciclo solar, ya habremos tomado lo que nos pertenece, como los primeros de nuestra raza, y este largo viaje habrá valido la pena.

Los humanos pensarán que llegamos desde una galaxia lejana, pero nuestro viaje no ha sido espacial. Venimos de su futuro. De la Tierra. De *nuestra* Tierra. Un planeta que se ha vuelto inhabitable, orbitando un Sol ya moribundo, y nuestra única esperanza ha sido viajar al pasado, al momento en el que su especie aun reinaba, y continuar repitiendo este ciclo de manera infinita, para la continuación de la vida en este planeta.

No somos la evolución de los humanos. Somos su reemplazo. Para que podamos existir, ellos deberán desaparecer.

Nancy Urdaneta

# RESILENCIA

«En las profundidades del invierno finalmente aprendí
que en mi interior habitaba un verano invencible.»
—Albert Camus

Dicen que vivir en el Caribe es certeza de fiesta, comida condimentada y una especie de convenio flexible ante las responsabilidades. Para Carmela significaba esperanza, la fuerza del mar y el calor intenso de un verano perpetuo. Humilde de casta, pero de una riqueza emocional que deslumbraba a todos aquellos que la conocían. Siempre dispuesta a una sonrisa, al trabajo duro y por qué no, a una rueda de tambor al atardecer de cualquier domingo a la orilla de la playa.

A pesar de su profundo enamoramiento por el pueblo que la había visto nacer, soñaba despierta con visitar otras latitudes: conocer nuevas culturas y vivir como una ciudadana del mundo. Pero su presente era otro, un trabajo de 8 a 5, el estudio de una carrera técnica en las noches y la responsabilidad de una familia extendida de seis. Y todo enmarcado en un país con una inflación incalculable y una tendencia socialista donde la pobreza es el estatus óptimo de la felicidad... una felicidad que pesa, duele y transfigura.

Pero dibujar los sueños no cuesta nada, menos cuando de lienzo tienes al mar caribe de un lado y del otro la magnitud de una montaña que por años ha resguardado a miles de soñadores. Así, ¿qué podría salir mal?

—Necesitamos más tiempo, los últimos ajustes no han generado ningún resultado diferente.

—Negativo, es necesario ser más severos.

Muchos consideran que el inicio de un nuevo siglo puede ser un evento apocalíptico. Carmela lo percibía más como un momento mágico, el cual —de una manera casi mística— alimentaba sus sueños de superación. A escasos días de recibir el tan esperado año 2000, su energía estaba elevada.

La lluvia siempre fue un fenómeno celebrado en la costa, una oportunidad para resguardarse en casa, sentir la brisa fresca de un verano apaciguado y disfrutar ese olor a monte que traslada a cualquiera a una tarde de juegos de infancia. La lluvia de esa noche –la última quincena del '99– comenzó como una garúa, prometiendo una velada tranquila en familia: la abuela montaba las arepas, los niños jugaban con unas metras y Carmela disfrutaba la nóvela de las nueve con sus hermanas. Poco imaginaban lo que se avecinaba.

Pasaron los minutos, la barriga estaba llena y las metras no daban para una nueva partida. Lo único que permanecía constante era la lluvia. Lo que había comenzado como una noche tranquila, se había convertido en el preludio de una catástrofe. «Bendito Dios, ¿cuándo va a parar este palo e' agua?». Carmela se las arregló para meter a su familia en cama, pero a pesar de pedir a todos paciencia, sus entrañas asfixiaron sus pensamientos con miedo y desesperanza.

—Aumenta la irrigación hasta 1.800 mm de agua.

—Eso supera los límites aprobados para este experimento.

—No me importa ¡Hazlo!

Carmela había perdido noción del tiempo, el aguacero fue como una especie de hueco negro que trasladó a toda la costa en una dimensión desproporcionada, oscura y despiadada. La montaña que alguna vez brindó refugio había tornado su inmensidad contra el pueblo que por años se había asentado en sus orillas. Cientos de casas se desplomaban tratando de buscar su camino hacia el mar, entre ellas, la de Carmela.

Con la cabeza aturdida, y sin rastro de su cautivadora sonrisa, trataba de ubicarse entre los escombros. El sol la encandilaba y no lograba enfocar imagen alguna. Piedras, mesas rotas, zapatos de niños, marcos de fotos destruidos… todo era como una gran masa grisácea que no lograba descifrar. Ya no recordaba en qué momento se había separado de su familia. Solo escuchaba el sobrevuelo de algunos helicópteros y los aullidos espeluznantes de lo que alguna vez fueron perros.

En una situación de tanta desesperanza cualquiera pensaría en derrumbarse y entregarse a la muerte. Carmela, sin embargo, avanzaba. No estaba muy segura hacia dónde; pero a pesar del dolor, la incertidumbre y la pérdida, no se detenía. «Tengo que sobrevivir».

—Estamos cerca del triunfo.

—No estoy seguro, muchos de los objetos de estudio siguen presentando resistencia.

—Dispersa la toxina inmediatamente.

La deshidratación debilitaba todos los sentidos de Carmela, cada paso que daba era un acto prácticamente de Fe. «Si tan solo encontrara a alguien que pueda ayudarme... o quizás acompañarme». Un grito ahogado de auxilio dejó la sed en un segundo plano y un rayo de esperanza sació las peticiones de Carmela. Caminó con gran dificultad hasta las ruinas de un edificio. Al asomarse entre los escombros, vio una escena espeluznante.

Cual comité de zamuros, cuatro hombres uniformados se abalanzaban sobre lo que parecía el cuerpo mal trecho de una joven. En un acto supremamente animal y despiadado, estos seres se retorcían y lanzaban su ira hacia su presa. En conjunto, orquestaban un baile tribal de muerte, una especie de trance diabólico y nauseabundo.

Carmela fue incapaz de emitir sonido alguno. Sus entrañas la obligaron a sacar fuerzas de donde no las tenía para correr lo más lejos posible de aquellos desparpajos humanos. El asco prácticamente le robó el aliento, solo quería rendirse y darle paso a la muerte.

En la sala de control de pruebas anti humanísticas, los modelos CR 32 y B69 celebraban el triunfo de su más reciente experimento: el exterminio de la esperanza humana. Por años, habían realizado diferentes ensayos en los que habían llevado a la humanidad a límites sensoriales y físicos que violaban todas las normativas de cualquier manual de homo sapiens existente en la galaxia. Sin embargo, no habían logrado resquebrajar esa enigmática fuerza denominada espíritu, y a pocos días de cumplir 2000 años con aquel pintoresco proyecto, habían dado con la formula indicada para su destrucción... o eso creyeron.

Mientras terminaban de recopilar todas las métricas y muestras del experimento, la señal proveniente de un pequeño sector de la costa condenó el efímero hallazgo: Carmela, desmayada a la orilla de la playa, logró recuperar difícilmente la conciencia mientras escuchaba, como en un sueño, la voz de un joven: «Tranquila, estarás bien, estamos aquí para ayudarte... pronto estarás a salvo». En ese momento en el horizonte del caribe el sol salía nuevamente, apagando la lluvia que duró mil días y mil noches. Nuevamente el verano perpetuo venía a despertar el espíritu de todos y repotenciar, a pesar de la adversidad, la humanidad de ese particular proyecto llamado *Tierra*.

José Urriola

# SEIS OPCIONES PARA EL FIN DEL MUNDO

Antes de iniciar la lectura le pido que se busque un dado –de los comunes y corrientes, de los de seis lados, no se ponga desde tan temprano rebuscado o estrafalario–. Ahora láncelo para conocer cuál de los seis finales del mundo el azar ha escogido para Usted. Claro que lo puede también hacer mentalmente, prescindiendo del dado, pensando simplemente en un número del uno al seis; pero en ese caso la gente no dirá «oh, pero qué escritor tan lúdico, creativo e interactivo, qué obra tan metaficcional la que nos ofrece a sus brillantes interlocutores» (y todas esas cosas que a los autores nos encantan que nos digan aunque sigamos comiéndonos un cable y muriéndonos de pobreza). Aunque también es cierto que puede leerse esto sin pensar tampoco en ningún número del uno al seis, pero en ese caso me correspondería entonces a mí el derecho a decir: «pero qué lector tan poco lúdico y tan escaso para lo creativo, tan negado a lo interactivo y tan limitado para lo metaficcional». Bueno, claro, tiene Usted también, por supuesto, la opción de seguir de largo y no lanzar nada ni pensar en nada nada ni leerse nada. Y en ese caso nos salvaremos mutuamente Usted de mí y yo de Usted. No, porque qué va, porque tampoco es que voy a estar yo mendigándole a un lector que se digne a mostrar un mínimo de consideración y respeto por esto que he escrito con enorme pasión, rigor y entrega. Prefiero mil veces ser leído por pocos, muy pocos, pero que lo sepan realmente apreciar y estén a la altura del reto, antes que por millares…

Perdón, volvamos a lo que íbamos. A ver, por dónde iba. Ajá, por el fin del mundo. Con dado o sin dado. Seis opciones para escoger cómo se acaba todo esto.

**1.** Hay alguien que duerme en una cámara criogénica. Si alguna vez hubo una vida más allá de esa cápsula hermética no la recuerda en lo absoluto. Hace tanto que le indujeron al sueño y le encerraron en ese cocuyo de cristal irrompible que no recuerda nada más. Su memoria gira exclusivamente en torno a ese sueño que –no tiene otra opción– como creador y como único espectador ha ido construyendo meticulosamente a lo largo de años de hibernación mientras navega por el espacio. En ese sueño hay un planeta joven, erupciones volcánicas, el océano primitivo embravecido, la vida que se forja en microorganismos que después se agrupan en moléculas de carbono cada vez más complejas y más tarde derivan en organismos más sofisticados que nadan, luego reptan, hasta que salen a la superficie para poblar la tierra. La evolución, la mutación, algo relacionado con un meteorito, la supervivencia del más apto, guerras, civilizaciones, barbaries, bombas atómicas, hambrunas, refugiados, genocidios, pandemias. La alternancia de todo ello, la simultaneidad de todo también. De pronto despierta. Una voz avisa que ha llegado a destino. Aquí se acaba el viaje y comienza la misión. Mientras se despereza recuerda vagamente que soñó con un planeta absurdamente raro habitado por la especie más extraña del universo. Pero le cuesta tanto acordarse ahora. Es apenas un eco, una especie de resaca apagada en medio de la marea sideral. Además no tiene sentido, mejor se quita esas imágenes de la mente como quien se desprende de una última lagaña. La vida, la real, espera afuera.

**2.** Frshllhsr (pronúnciese como si se inhalara por vía nasal un dedo de agua por medio de un pitillo) heredó la Tierra de su abuelo Aohrrrgtl (fonéticamente idéntico a si se tragara una polilla y se le quedara atascada en el esófago). Frshllhsr nunca quiso ese planeta tan pálido y anodino, habitado por una especie tan desabrida, y consideró un despropósito que Aohrrrgtl se lo legara en el testamento mientras a sus hermanos y tíos les dejaba constelaciones, agujeros negros, galaxias, cometas, cuásares y nebulosas. Así que Frshllhsr, en medio de una borrachera sideral, apostó la Tierra en una carrera de asteroides y la perdió. Ahora la Tierra le pertenece a Gkkätthflq (sonido de un ciempiés cuando se desintegra como un efervescente dentro de un frasco de mezcal) y cuando Gkkätthflq recibió la Tierra exclamó *||«]}{−´, que significa algo así como «¿pero qué mierda es esta?», y dio un manotazo furioso para borrar esa esferita de su presencia y también de la faz del universo. Y a partir de ese instante ya no estamos y nadie se acuerda, y en nuestro lugar quedó una especie de estela vacía de la más limpia sustancia oscura.

**3.** El hijo de los Ortega nunca habló. No es que fuera mudo o tuviera algún problema en las cuerdas vocales, era más bien que no le nacía, no tenía motivos, nunca le dio la gana ni encontró necesidad de emitir palabra. Entonces ocurrió lo de la nave espacial que de pronto se apareció en el cielo y se posó sobre la plaza central del pueblo, se quedó flotando ahí durante días y semanas sin hacer nada sino zumbar. E intentamos hacer contacto y les pusimos música y encendimos luces. Se adelantó incluso la fecha de las fiestas patronales y les ofrecimos un festival gastronómico con bebidas y danzas típicas. Pero nada. Esa gente allá arriba en lo suyo, flotando sin emitir sonido. Entonces el hijo de los Ortega se acercó una noche y habló. Habló por primera y única vez en su vida. Se puso justo debajo de la panza de la nave, inclinó el cuello hacia arriba y soltó una frase con una voz que parecía venir de otro tiempo y otro espacio, como si sus palabras estuvieran forjadas con metales radioactivos que no existen en esta galaxia: «Si acaban con el mundo, por favor no bombardeen este pueblo». Y así fue. La Tierra sería arrasada y no dejarían ni una astilla en pie, ni una sola piedra sobre otra piedra. Excepto el pueblo, que permanecería intacto en medio del planeta yermo, gracias al hijo de los Ortega.

**4.** El mundo es la creación formidable de una Inteligencia Artificial. No sabemos qué había antes, imaginamos que nada. Lo olvidamos o nunca lo supimos, que para los efectos viene a ser lo mismo. El hecho es que la gente en ese momento vio lo que ofrecía la IA como si fuera la primera vez que viera algo en toda su vida y dijo «esto es el futuro, ahora cambiará absolutamente todo y ya nada será igual porque quieran o no, estén a favor o en contra, esto es indetenible y llegó para quedarse». Eso, junto con todas esas cosas donde los partidarios más entusiastas del futuro y los fanáticos del apocalipsis acaban siendo básicamente la misma cosa. Pero resulta que el presente es tan estrecho, tan epidérmico y fugaz, y resulta que nos aburrimos tan rápido de lo sublime o lo patético, que entonces pasó el tiempo (tampoco mucho, que ya nada dura tanto) y con él pasó de moda la inteligencia artificial pero también pasamos de moda nosotros, nos hartamos de todo, incluso pasó de moda esa pulsión ansiosa por estar pendientes de lo que vendría después; y así nos disolvimos en la nada como quien se borra por medio de un largo fundido a negro donde ya incluso hubo pereza para ponerle después los créditos o un letrero que dijera FIN.

**5.** Hay un fin del mundo donde al final no se acaba. Es decir, a Dios, a los extraterrestres, al gran arquitecto o a quien fuera que hizo este experimento se le olvidó que lo tenía reaccionado en un tubo de ensayo ahí tirado en el remoto rincón de las cosas que se lavarán mañana porque qué flojera. Quién sabe. Habrá surgido algo más importante, se les cayeron por una alcantarilla cósmica las llaves del laboratorio, o simplemente se perdió el interés. Entonces aquel tercer planeta azul pálido, el tercero con respecto al Sol, en vez de apagarse como lo hacen todos los mundos (sobre todo por inutilidad o por hartazgo), se le ocurrió mutar, evolucionar, empeñarse en seguir vivo, y como un mecanismo de defensa, como quien reprograma el propio código genético, forjó una especie de gagueo planetario para reiniciarse una y otra vez justo en el instante que precedía al final.

Como una maquinita inútil de perpetuo movimiento, como una canica acelerada en bucle obstinado que por inercia se lanza una y otra vez por la pendiente de una cinta de Moebius. Así que nada cambia, todo se repite, porque cuando es inminente el fin del mundo al final no se acaba. Es decir, a Dios, a los extraterrestres, al gran arquitecto o a quien fuera que hizo este experimento se le olvidó que lo tenía reaccionado en un tubo de ensayo ahí tirado en el remoto rincón de las cosas que se lavarán mañana porque qué flojera. Quién sabe.

**6.** El fin del mundo es el dibujo de una niña que se sale del contorno al pintar y que hace trazos que quisiera controlar pero que se le convierten en errores involuntarios. Y entonces cada desborde, cada rayón, cada equivocación se convierte en algo nuevo, en el germen para un nuevo trazo, una nueva idea, otros ojos más grandes, una nariz imposible, una oreja caída que acaba siendo un corazón o una segunda boca, o una criatura fantástica o un animal de una especie que no existe pero que mañana podría ser. Se van recombinando las líneas y los colores, se van amontonando unos sobre otros hasta formar densos manchones donde se acumulan todas las formas, texturas y matices de este mundo. Al final la niña, cuando no le quede más espacio para pintar o se canse de intentar darle sentido al sinsentido, regalará su obra a alguno de sus padres. La guardarán en el espacio de las cosas que no se pueden tirar porque algún día serán un recuerdo valioso y quién sabe si luego hasta lo enmarcaremos. Y ese será un buen fin para el fin del mundo, porque no tienen que ser todos terribles, quién quita que toque alguno hermoso.

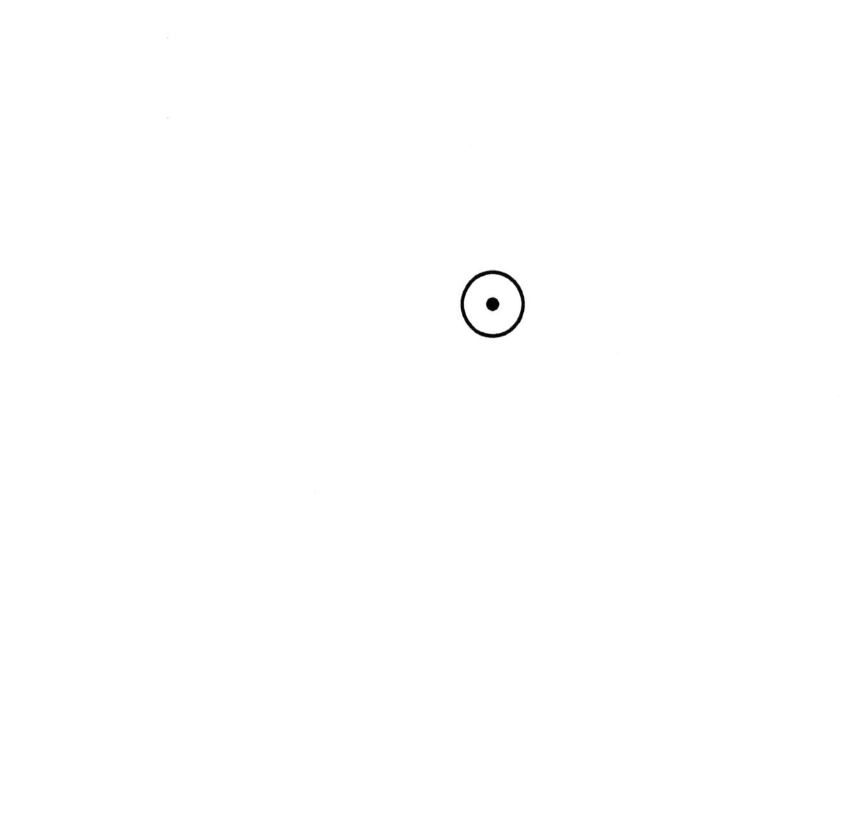